鸿雁／主编

飞花令里读宋词

中国华侨出版社
·北京·

近代国学大师王国维说："唐之诗，宋之词，元之曲，皆所谓一代之文学也，而后世莫能继焉者也。"不读诗词，不足以知春秋历史；不读诗词，不足以品文化精粹；不读诗词，不足以感天地草木之灵；不读诗词，不足以见流彩华章之美。

中国是一个"诗歌的国度"，古典诗词是中国传统文化的奇葩，是中华民族文化遗产中极为珍贵的一部分。早在3000多年前，我们的祖先就创作出了以"诗三百"为代表的优秀诗篇，此后每个历史时期，诗歌创作都结出了丰硕的成果，其中不少名篇佳句脍炙人口，传诵至今。它们已经融入我们的文化性格，启发着我们的心智，滋养着我们的心灵，丰富着我们的精神，陶冶着我们的人格。

词是中国文学宝库中一颗璀璨的明珠，1000多年来，一直高悬于历史的长空，闪耀着夺目光彩。词又称"曲子词""曲子"，它的产生、发展、创作和流传都与音乐有着密切的关系。词的起源较早，最初主要流行于民间，从《诗经》《楚辞》及汉魏六朝诗歌里汲取营养，大约到中唐时期引入了文坛，发展为固定的文学样式，五代时期开始流行，到了宋代，进入全盛时期。经过许久的历史沉淀，到今天，它仍旧熠熠生辉。在现代社会，生活节奏日益加快，在人们感到疲惫不堪之时，如果能捧起一本宋词，轻轻浅浅读上几首，焦灼的心灵便会渐趋平静，如久旱的大地遇上一场潇潇春雨。

飞花令，是中国古人在喝酒时用于助兴的一种有趣的游戏，因唐代诗人韩翃的名诗《寒食》中一句"春城无处不飞花"而得名。飞花令属于一种雅令，对参加游戏的人诗词功底要求比较高，严格的飞花令在行令时不但要求含有相应的关键字，而且关键字还要按特定的顺序处于特定的位置。

本书采取飞花令的经典体例，依照古代飞花令的行令规则选取宋词中经常出现的春、花、秋、月、风、云、雨、雪、梅、兰、竹、菊、天、长、日、久、红、芳、绿、柳、山、水、草、木、诗、酒、离、愁、夜、梦30个字行令。本书在设计上注重传统文化与现代审美理念的结合，从而省略了词牌或者曲牌后面的附属标题，由于篇幅的关系，我们在每飞一个字的时候只选取其中的一首词做详解，为其配上精确的注释和优美的文字赏析，带领读者领悟宋词的意蕴，感受至美意境。

目录

春

花

飞花令里读宋词

飞花令里读宋词

飞花令里读宋词

（日）

（久）

9

诗

酒

飞花令里读宋词

春

蝶恋花

范成大

春涨一篙添水面①。芳草鹅儿②，绿满微风岸。画舫夷犹湾百转③，横塘塔近依前远④。

江国多寒农事晚⑤。村北村南，谷雨才耕遍。秀麦连冈桑叶贱⑥，看看尝面收新茧⑦。

【注释】

①一篙：指水的深度。②鹅儿：小鹅。③夷犹：迟疑不前。④横塘：是一个大水塘，在苏州西南。⑤江国：水乡。多寒农事晚：是说因为水寒，旱地早已种植或翻耕了，水田则要晚些。⑥秀麦：出穗扬花的麦子。⑦看看：即将之意。

定风波

柳永

　　自**春**来，惨绿愁红，芳心是事可可。日上花梢，莺穿柳带，犹压香衾卧①。暖酥消，腻云亸②，终日厌厌倦梳裹③。无那④，恨薄情一去，音书无个。

　　早知恁么⑤，悔当初、不把雕鞍锁。向鸡窗⑥、只与蛮笺象管⑦，拘束教吟课。镇相随⑧，莫抛躲，针线闲拈伴伊坐⑨。和我，免使年少，光阴虚过。

【注释】

　　①衾：被子。②亸：垂下，此处形容头发散乱。③厌厌：无精打采的样子。④无那：无奈。⑤恁么：如此。⑥鸡窗：书房的窗子。⑦蛮笺：即蜀笺，唐代时指四川地区所造彩色花纸。这里用来指代纸张。象管：象牙笔管的笔。⑧镇：整日。⑨伊：他。

【赏析】

这是一首闺怨词。

"自春来，惨绿愁红，芳心是事可可"，按理说，春天万木争荣，百花竞放，应该令人心中感到欢畅才是，而词中的女主人公面对这样的景色却只品味出"惨"和"愁"来，原因是什么呢？她没说。只说"芳心是事可可"，一颗芳心，整日无处可以安放，可见她是多么的寂寞无聊。"日上"三句以美景反衬女主人公之惨状。由于她情绪消沉，形貌也发生了变化："暖酥消，腻云亸，终日厌厌倦梳裹。""暖酥"写皮肤的消损，"腻云"写头发的蓬松，"终日厌厌"写形容的憔悴。这一切又是为何呢？最后她告诉了我们："无那，恨薄情一去，音书无个。"原来她是因为相思的苦恼憔悴成这样的。

下片词人怀着同情之心让这位不幸的女主人公站出来表达她的愿望：早知这样，我就不该让他走了。如果他真的未曾离开，我们俩就能相聚一室，他铺纸写字、吟诗填词；我则手拈着针线，闲来陪他说话，这是多么美好啊。唯有与他厮守一处，我才觉得自己青春年少的光阴没有白白度过！只有在幻想中，我们这位女主人公才能得到一点点安慰。

飞花令里读宋词

鹧鸪天

晏几道

醉拍**春**衫惜旧香①。天将离恨恼疏狂②。年年陌上生秋草，日日楼中到夕阳。

云渺渺，水茫茫。征人归路许多长。相思本是无凭语③，莫向花笺费泪行。

【注释】

①惜：怜惜。旧香：指爱人旧日遗留在衣衫上的香泽。②恼：困扰，折磨。疏：指对世事的疏阔。狂：狂放不羁。③无凭语：没有根据的话。

惜余春

贺铸

急雨收**春**，斜风约水。浮红涨绿鱼文起。年年游子惜余春，春归不解招游子。

留恨城隅，关情纸尾。阑干长对西曛倚。鸳鸯俱是白头时，江南渭北三千里。

相见欢

李煜

林花谢了**春红**①，太匆匆，无奈朝来寒雨晚来风。

胭脂泪②，留人醉③，几时重④？自是人生长恨水长东。

【注释】

①谢：凋谢。②胭脂泪：原指女子的眼泪。女子脸上搽有胭脂，泪水流经脸颊时沾上胭脂的红色，故云。在这里，胭脂是指林花着雨的鲜艳颜色，指代美好的花。③留人醉：一本作"相留醉"。④几时重：何时再度相会。

江城子①

秦观

西城杨柳弄春柔②，动离忧③，泪难收。犹记多情、曾为系归舟④。碧野朱桥当日事，人不见，水空流。

韶华不为少年留⑤。恨悠悠，几时休？飞絮落花时候一登楼⑥。便作春江都是泪，流不尽，许多愁。

【注释】

①江城子：词牌名，又名"江神子""村意远"。②弄春：春日弄姿的意思。③离忧：离别的忧伤。④多情：指心爱的人。归舟：回家的船。⑤韶华：美好的时光。⑥飞絮：飘来飘去的柳絮。

鹧鸪天

王千秋

比屋烧灯作好春^①，先须歌舞赛蚕神^②。便将簇上如霜样^③，来饷尊前似玉人^④。

丝馅细，粉肌匀。从它犀箸破花纹^⑤。殷勤又作梅羹送^⑥，酒力消除笑语新。

【注释】

①比屋：一屋挨一屋。烧灯：点灯过元宵节。②赛蚕神：江南旧俗以正月十五为祈蚕之祭。③簇：通"蔟"，蚕山，蚕在上面做茧用的东西，通常用稻草扎成。霜样：指白色的蚕茧。④饷：供养。⑤犀箸：犀角筷子。⑥梅羹：汤名。

花

渔家傲

欧阳修

花底忽闻敲两桨，逡巡女伴来寻访[①]。酒盏旋将荷叶当[②]，莲舟荡，时时盏里生红浪[③]。

花气酒香清厮酿[④]，花腮酒面红相向。醉倚绿阴眠一饷[⑤]，惊起望，船头阁在沙滩上[⑥]。

【注释】

①逡巡：顷刻。②旋：随即。当：代替。③生红浪：莲塘泛舟，有莲影映于酒杯之中，故显出红色波纹。④清厮酿：形容花香酒香混成一片。⑤一饷：一会儿，片刻。⑥阁：同"搁"，搁浅。

虞美人

李煜

春**花**秋月何时了，往事知多少？小楼昨夜又东风，故国不堪回首月明中。

雕栏玉砌应犹在，只是朱颜改。问君能有几多愁？恰似一江春水向东流。

浣溪沙

吴文英

门隔**花**深梦旧游，夕阳无语燕归愁。玉纤香动小帘钩。

落絮无声春堕泪，行云有影月含羞。东风临夜冷于秋。

声声慢

李清照

寻寻觅觅，冷冷清清，凄凄惨惨戚戚。乍暖还寒时候，最难将息^①。三杯两盏淡酒，怎敌他、晚来风急。雁过也，正伤心，却是旧时相识。

满地黄**花**堆积，憔悴损，如今有谁堪摘？守着窗儿，独自怎生得黑！梧桐更兼细雨，到黄昏、点点滴滴。这次第^②，怎一个愁字了得？

【注释】

①将息：将养休息。②次第：情形，境况。

【赏析】

梁启超先生曾为《声声慢》做过批注："此词最得咽字诀，清真不及也；又：这首词写从早到晚一天的实感。那种茕独凄惶的景况，非本人不能领略，所以一字一泪，都是咬着牙根咽下。"之所以"茕独凄惶"，一方面，因为丈夫逝去，词人独自一人，形影相吊，心中哀婉深重；另一方面，北宋灭亡多年，南宋朝廷苟且偷安，无心收复失地，词人颠沛流离，亡国之痛、飘零之感萦绕不去，更添愁苦。本词以浓重黯然的笔墨、悲抑难耐的情思，把国破、家亡、夫死、人老的痛苦一一道出，饱蘸血泪。

上片主要用清冷之景来衬托孤寂、凄凉的心境。"寻寻觅觅，冷冷清清，凄凄惨惨戚戚"，七组十四个叠字，字字含情，声声是愁，写出了词人的孤独与凄清。她在寻觅什么呢？她没说，也许她自己也不知道。只感到四周冷冷清清，心境一片凄凉，真是愁煞人也。"乍暖还寒时候，最难将息"，在词人满怀愁绪的时候，天气又陡然转寒，连身体也难调养了。"三杯两盏淡酒，怎敌他、晚来风急"，想要喝两杯酒暖暖身子，可是酒的滋味却又那么淡，抵挡不住那一阵紧似一阵的急风。其实酒味未必淡，是词人愁绪太浓。"雁过也，正伤心，却是旧时相识"，恰恰在词人愁绪正浓时，却看到旧时为她与丈夫传递书信的大雁，那大雁勾起了她无尽的悲伤。

下片紧承上片，直接抒情。"满地黄花堆积，憔悴损，如今有谁堪摘"，看到那满地凋零的黄花，词人想到了自己，此时的自己不就憔悴似这残花吗？丈夫的早逝，社会的动乱，国家的灭亡，身世的浮沉，这一切都使她变得憔悴不堪。"守着窗儿，独自怎生得黑"，词人更进一步描述自己的寂寞凄苦。"梧桐更兼细雨，到黄昏、点点滴滴"，在这孤苦难耐之时，窗外下起了细雨，雨滴落在梧桐上，一声一声，分外强烈，直击在词人心上。"这次第，怎一个愁字了得"，这情形，一个"愁"字怎概括得尽呢！末两句欲语还休，饱含着老迈的词人多年的心酸苦楚，读来感人肺腑。

惜分飞

毛滂

题富阳僧舍作别语，赠妓琼芳。

泪湿阑干花著露①，愁到眉峰碧聚②。此恨平分取③，更无言语空相觑④。

断雨残云无意绪⑤，寂寞朝朝暮暮。今夜山深处，断魂分付潮回去⑥。

【注释】

①阑干：即栏杆。②眉峰碧聚：形容双眉紧锁，眉色如黛色的远山一般。③取：助词，"着"。④觑：细看。⑤断雨残云：喻情侣分离。⑥"断魂"句：意思是将哀伤的心情托付潮水带到恋人身边。

风入松

俞国宝

一春长费买**花**钱，日日醉花边。玉骢惯识西湖路①，骄嘶过、沽酒垆前②。红杏香中箫鼓，绿杨影里秋千。

暖风十里丽人天③，花压鬓云偏。画船载取春归去，余情寄、湖水湖烟。明日重扶残醉，来寻陌上花钿④。

【注释】

①玉骢：毛色青白相杂的良马。②沽酒：卖酒。③"暖风"句："三月三日天气新，长安水边多丽人。"杜牧《赠别》："春风十里扬州路。"④花钿：用金翠珠宝等制成的花形首饰。

浣溪沙

苏轼

徐门石潭谢雨①，道上作五首。潭在城东二十里，常与泗水增减清浊相应。

<u>簌簌衣巾落枣**花**</u>，村南村北响缲车②。牛衣古柳卖黄瓜③。

酒困路长惟欲睡，日高人渴漫思茶。敲门试问野人家。

【注释】

①徐门：即徐州。②缲车：抽丝之具。缲：把蚕茧浸在热水里，抽出蚕丝。③牛衣：蓑衣之类。这里泛指用粗麻织成的衣服。

秋

秋波媚

陆游

秋到边城角声哀，烽火照高台。悲歌击筑^①，凭高酹酒^②，此兴悠哉！

多情谁似南山月，特地暮云开。灞桥烟柳^③，曲江池馆^④，应待人来^⑤。

【注释】

①筑：古击弦乐器，演奏时，左手握持，右手用竹尺击弦发音。②酹酒：将酒倒在地上，表示祭奠或立誓。③灞桥：唐代长安名胜，在今陕西西安城东。④曲江：池名，是唐代以来的游览胜地，在今陕西西安东南。⑤应：应该。

飞花令里读宋词

西江月

苏轼

世事一场大梦①，人生几度秋凉？夜来风叶已鸣廊，看取眉头鬓上。

酒贱常愁客少，月明多被云妨。中秋谁与共孤光，把盏凄然北望。

【注释】

① 世事一场大梦：《庄子·齐物论》："且有大觉，而后知其大梦也。"李白《春日醉起言志》："处世若大梦，胡为劳其生。"

【赏析】

这首词作于词人"乌台诗案"被贬后的第一个中秋夜，为一封书信，是苏轼兄弟的唱和之作。这首词词调低沉、凄婉，真实地反映了词人受挫后的苦闷心情。

上阕写时光短促，人生虚幻，慨叹自己的坎坷命运。"世事一场大梦，人生几度秋凉？"将自己被贬的伤感与苦闷杂糅其间，开篇即营造出悲凉凄楚的氛围。

苏轼少时以文章为天下所知，春风得意，然而步入仕途以后，却每每遭受惨痛的挫折。这种种事情，就像一场大梦一般，令人无法捉摸。"秋凉"既是对中秋天寒的描写，又是对自己少年及第、中途困顿的形象比喻。

随后，作者以写实的手法来表现环境与自身境况，借以衬托自己内心的悲凉与感伤。"夜来风叶已鸣廊，看取眉头鬓上。"中秋的夜晚秋风萧瑟，裹挟着落叶穿梭在回廊之上，镜中观望自己，只见两鬓已早早生出白发。有感于自己的遭遇，看着逐渐老去的容颜，作者更觉得凄凉。此处连用秋风鸣廊、落叶飞舞、眉鬓生霜这三个萧瑟落寞的意象，更显形神两谐。

避之不及而受到牵连，明写"酒贱"，实写个人的潦倒遭际，"客少"二字把昔日亲朋纷纷离去的情状写出，词人以委婉但辛辣的手法讽刺了世态炎凉、人情冷暖，是"几度秋凉"的妥帖注脚。

"月明多被云妨"，作者以明月自谕，暗示自己之所以遭贬斥，是因为为人不畏权贵、耿直无私，妨害了当权者的利益。作者讽刺奸臣当道，就像乌云一样欲将正直之士遮蔽起来。而到此，作者的情感宣泄也达到了一个高潮，胸中的愤懑随之倾泻而出，含蓄不尽。

伴随着悲愤之情的肆意抒发，作者不由生出"每逢佳节倍思亲"的念想。他独自一人在贬所过中秋节，其孤苦无依可想而知。明知无人相伴，又故问"中秋谁与共孤光"，"谁与"即是"无人与"，更显愁苦。词人只能"把盏凄然北望"，这一"望"，既是对远方亲人的思念，更是对朝廷与皇帝的深深祈望——期盼明君能拨云见月，重新起用自己。全词的情感于不能升处继续攀升，情意婉转，令人心折。

千秋岁引

王安石

别馆寒砧①，孤城画角，一派**秋**声入寥廓。东归燕从海上去，南来雁向沙头落。楚台风②，庾楼月③，宛如昨。

无奈被些名利缚，无奈被它情耽阁④！可惜风流总闲却！当初谩留华表语⑤，而今误我秦楼约。梦阑时，酒醒后，思量着。

【注释】

①寒砧：捣衣石。古时秋至制寒衣需捣，在词中写的"寒砧""秋声"多与思乡怀人有关。②楚台风：楚襄王兰台上的风。出自宋玉《风赋》："楚王游于兰台，有风飒至，王乃披襟以当之曰：'快哉此风！'。"③庾楼月：《世说新语》："晋庾亮在武昌，与诸佐吏殷浩之徒乘夜月共上南楼，据胡床咏谑。"④耽阁：延误。⑤华表语：引用《搜神后记》中的故事：辽东人丁令威学仙得道，化鹤归来，落于城门华表柱上，唱道："有鸟有鸟丁令威，去象千年今来归。城廓如故人民非，何不学仙冢累累。"

凤凰台上忆吹箫

李清照

香冷金猊①，被翻红浪，起来慵自梳头。任宝奁尘满②，日上帘钩。生怕离怀别苦，多少事、欲说还休。新来瘦，非干病酒③，不是悲**秋**。

休休④！这回去也，千万遍《阳关》⑤，也则难留。念武陵人远，烟锁秦楼⑥。惟有楼前流水，应念我、终日凝眸。凝眸处，从今又添，一段新愁。

【注释】

①金猊：香炉的一种。炉盖为狻猊（传说中的龙九子之一，外形像狮子）形，空腹。②奁：女子梳妆用的镜匣。③非干：不关。④休休：算了，罢了。⑤《阳关》：即《阳关三叠》，为伤离别之曲。⑥秦楼：原是秦穆公女弄玉与夫婿箫史的居所，此处作者用来比喻自己独居的妆楼。

御街行

贺铸

松门石路**秋**风扫，似不许、飞尘到。双携纤手别烟萝①，红粉清泉相照。几声歌管，正须陶写②，翻作伤心调。

岩阴暝色归云悄，恨易失、千金笑。更逢何物可忘忧，为谢江南芳草③。断桥孤驿，冷云黄叶，相见长安道④。

【注释】

①烟萝：这里指烟雾笼罩、葛萝蔓生的墓地。②陶写：陶冶性情，排除忧闷。写，即泄。③为谢江南芳草：辞谢江南多姿多情的芳草。谢，辞谢。④长安道：指北宋都城汴京。

青玉案

曹组

碧山锦树明**秋**霁。路转陡，疑无地。忽有人家临曲水。竹篱茅舍，酒旗沙岸，一簇成村市。

凄凉只恐乡心起。凤楼远、回头谩凝睇。何处今宵孤馆里，一声征雁，半窗残月，总是离人泪。

一剪梅

李清照

红藕香残玉簟**秋**。轻解罗裳，独上兰舟。云中谁寄锦书来？雁字回时，月满西楼。

花自飘零水自流。一种相思，两处闲愁。此情无计可消除，才下眉头，却上心头。

月

水调歌头

苏轼

丙辰中秋①，欢饮达旦，大醉，作此篇，兼怀子由②。

明月几时有？把酒问青天③。不知天上宫阙④，今夕是何年？我欲乘风归去，又恐琼楼玉宇⑤，高处不胜寒。起舞弄清影⑥，何似在人间。

转朱阁⑦，低绮户⑧，照无眠。不应有恨，何事长向别时圆？人有悲欢离合，**月**有阴晴圆缺，此事古难全。但愿人长久，千里共婵娟⑨。

【注释】

①丙辰：熙宁九年（1076年）。②子由：苏轼的弟弟苏辙，字子由。③把酒：端起酒杯。④阙：皇宫门前两边供瞭望的楼。⑤琼楼玉宇：美玉砌成的楼宇，指想象中的仙宫。⑥弄：赏玩。⑦朱阁：朱红的楼阁。⑧绮户：雕花门窗。⑨婵娟：月亮的美称。

【赏析】

这是一首望月怀人之作。

上片把酒望月。"明月几时有？把酒问青天"，这两句化用李白的《把酒问月》诗"青天有月来几时？我今停杯一问之"而来，点明饮酒赏月。

面对着浩渺的宇宙，词人继续发问："不知天上宫阙，今夕是何年？"将自己对明月的赞美与向往之情更推进了一层。"我欲乘风归去，又恐琼楼玉宇，高处不胜寒"，这几句写出了词人徘徊于出世与入世之间的矛盾心理。幻想中的仙境引发词人的出世之想，但经过再三考虑，还是留恋人间的温暖。

"起舞弄清影，何似在人间。"人间自有可乐处，在人间也能舞出不一样的境界。这两句写出了词人月下起舞的飘逸之姿，反映出他乐观旷达的生活态度。

下片对月怀人。"转朱阁，低绮户，照无眠"写离人：中秋佳节，同自己一样不能与亲人团圆的人不知有多少。转、低、照三个字写月亮的移动顺序，一字不可动。

"不应有恨，何事长向别时圆"，这两句以埋怨的语气发问，看似无理，却衬托出词人对胞弟苏辙的无限情意，以及表达出了对离人们的深深同情。

在情与理的矛盾冲突中，词人最终还是清醒地把握住了现实，道出了一个永恒的真理："人有悲欢离合，月有阴晴圆缺，此事古难全。"词人个人的离愁在这一刻得到了消解，卸下了心事的他向人世间发出了最美好的祝愿："但愿人长久，千里共婵娟。"既然人间的离别是难免的，那么只要亲人长久健在，即使远隔千里也还可以通过普照世界的明月把两地联系起来，把彼此的心连在一起。

梦江南

温庭筠

千万恨，恨极在天涯。山月不知心里事，水风空落眼前花。摇曳碧云斜。

暗香

姜夔

旧时月色，算几番照我，梅边吹笛？唤起玉人，不管清寒与攀摘。何逊而今渐老，都忘却、春风词笔。但怪得、竹外疏花，香冷入瑶席。

江国，正寂寂。叹寄与路遥，夜雪初积。翠尊易泣，红萼无言耿相忆。长记曾携手处，千树压、西湖寒碧。又片片、吹尽也，几时见得？

飞花令里读宋词

鹊踏枝

冯延巳

谁道闲情抛掷久？每到春来，惆怅还依旧。日日花前常病酒^①，不辞镜里朱颜瘦。

河畔青芜堤上柳^②，为问新愁，何事年年有？独立小桥风满袖，<u>平林新月人归后</u>。

【注释】

①病酒：因常醉酒而病。②芜：小草。

菩萨蛮

韦庄

人人尽说江南好，游人只合江南老。春水碧于天，画船听雨眠。

<u>垆边人似月</u>，皓腕凝霜雪。未老莫还乡，还乡须断肠。

玉楼春

晏殊

绿杨芳草长亭路，年少抛人容易去。楼头残梦五更钟，花底离愁三月雨。

无情不似多情苦，一寸还成千万缕。天涯地角有穷时，只有相思无尽处。

玉楼春

欧阳修

尊前拟把归期说①，未语春容先惨咽。人生自是有情痴，此恨不关风与月②。离歌且莫翻新阕③。一曲能教肠寸结。直须看尽洛城花，始共春风容易别。

【注释】

①拟把归期说：心中想把归期告诉对方。②风与月：指风月美景。③离歌：樽前所演唱的离别的歌曲。阕：量词，一首歌为一阕。

风

谒金门

冯延巳

风乍起①，吹皱一池春水。闲引鸳鸯香径里，手挼红杏蕊②。

斗鸭阑干独倚，碧玉搔头斜坠③。终日望君君不至，举头闻鹊喜④。

【注释】

①乍：忽然。②挼：揉搓。③碧玉搔头：即碧玉发簪。④闻鹊喜：古人认为闻鹊声意味着有喜事来临。

【赏析】

这是一首闺情词，写的是一贵族少妇在春天里思念丈夫的愁苦情景。

"风乍起，吹皱一池春水"，这是古今传诵的绝妙佳句。据说南唐中主李璟曾问冯延巳："'吹皱一池春水'，干卿何事？"冯答："未若陛下'小楼吹彻玉笙寒'也！"于是中主大悦。这两句表面写景，实则写情：那被风吹皱的一池春水就好像词中女主人公起伏难平的心。大地春回，而女主人公的丈夫却远行在外，面对着大好春光，独居的女主人公不由得生出寂寞与苦闷之情。

"闲引鸳鸯香径里，手挼红杏蕊"，这两句写出了女主人公百无聊赖的情状。她为排遣心中的苦闷，时而引逗鸳鸯，时而揉搓着红杏的花蕊。鸳鸯，是一种水鸟，总是雌雄成双成对出现，在诗文中常作为爱情的象征。揉搓花蕊、引逗鸳鸯虽然能暂时排遣寂寞，但是看见鸳鸯成双成对，却更显示出少妇的孤寂，于是又勾起了心中的愁闷和对心上人的思念。

"斗鸭阑干独倚，碧玉搔头斜坠"，这是写女主人公的又一个动作，她逗完鸳鸯，搓完红杏，又倚着栏杆看鸭儿争斗。她看得那样入神，以至于头上的玉簪掉下来了还浑然不觉。

难道女主人公真的是看"斗鸭"看得入迷了吗？不是。池中活泼的鸭子只会令她倍感孤寂，一片愁云笼上了她的心头，她沉浸在无限相思之中。"终日望君君不至，举头闻鹊喜"，她倚栏实在不是为了看"斗鸭"，而是在盼望丈夫归来。她日日凭栏盼望，却屡屡感到失望。在她绝望之际突然听到鹊儿的叫声，古人以闻鹊声为喜兆，因此女主人公听到喜鹊的叫声，心中不禁又燃起了一丝希望。

玉楼春

严仁

春风只在园西畔，荠菜花繁蝴蝶乱。冰池晴绿照还空，香径落红吹已断。

意长翻恨游丝短，尽日相思罗带缓。宝奁明月不欺人，明日归来君试看。

浣溪沙

无名氏

五两竿头风欲平①，长风举棹觉船行。柔橹不施停却棹，是船行。

满眼风波多闪灼，看山恰似走来迎。仔细看山山不动，是船行。

【注释】

①五两：古代的测风器。

飞花令里读宋词

卜算子

严蕊

不是爱<u>风尘</u>①，似被前缘误②。花落花开自有时，总赖东君主③。

去也终须去④，住也如何住！若得山花插满头，莫问奴归处⑤。

【注释】

①风尘：古代称妓女为沦落风尘。②前缘：前世的姻缘。③东君：神话中掌管春天的神，这里指管妓女的地方官吏。④终须：终究。⑤奴：古代女子的自称。

玉楼春

宋祁

东城渐觉风光好，縠皱波纹迎客棹①。绿杨烟外晓寒轻②，红杏枝头春意闹③。

浮生长恨欢娱少④，肯爱千金轻一笑⑤？为君持酒劝斜阳，且向花间留晚照⑥。

【注释】

①縠皱：形容水波纹如绉纱一样褶皱。棹：船桨，此处指船。②烟：指笼罩在树上的薄雾。晓寒轻：早晨有一点点寒气。③闹：气氛浓厚。此句流传极广，甚至为词人宋祁赢得了"红杏尚书"的美称，令他名扬词坛。④浮生：指漂泊的短暂人生。⑤肯爱：岂会舍不得。一笑：美人的笑容。⑥晚照：夕阳的余晖。

醉落魄

范成大

栖乌飞绝，绛河绿雾星明灭①。烧香曳簟眠清樾②。花影吹笙，满地淡黄月。

好风碎竹声如雪，昭华三弄临风咽③。鬓丝撩乱纶巾折④。凉满北窗⑤，休共软红说⑥。

【注释】

①绛河：银河。②曳簟：铺开竹席。簟，竹席。樾：交相荫蔽的树木。③"好风"二句：清人宋翔凤《乐府余论》："'好风碎竹声如雪'写笙声也。'昭华三弄临风咽'，吹已止也。"竹，指笙管。昭华，古乐器名。弄，吹奏。④纶巾：古时头巾名。幅巾的一种，以丝带编成，一般为青色。⑤北窗：指闲适的隐士生活。⑥软红：即红尘，尘土。指那些热衷于功名利禄的人。

鹧鸪天

晏几道

彩袖殷勤捧玉钟^①，当年拚却醉颜红^②。舞低杨柳楼心月，歌尽桃花扇底风。

从别后，忆相逢，几回魂梦与君同^③。今宵剩把银釭照^④，犹恐相逢是梦中。

【注释】

①彩袖：指穿彩衣的歌女。玉钟：珍贵的酒杯。②拚却：不顾惜。却，语气助词。③同：相聚。④剩把："剩"通"尽管"的"尽"，只管的意思。把：拿着，握着。釭：银质的灯台，泛指灯。

云

天仙子

张先

时为嘉禾小倅^①，以病眠，不赴府会。

《水调》数声持酒听^②，午醉醒来愁未醒。

送春春去几时回？临晚镜，伤流景^③，往事后期空记省^④。

沙上并禽池上暝^⑤，**云**破月来花弄影。重重帘幕密遮灯，风不定，人初静，明日落红应满径。

【注释】

①嘉禾：地名，在今浙江嘉兴。小倅：官职。②《水调》：曲调名，相传为隋炀帝所作。③流景：流逝的时光。④记省：清楚地记得。⑤并禽：双宿双飞的鸟儿。暝：昏暗。

菩萨蛮

温庭筠

小山重叠金明灭①，**鬓云**欲度香腮雪②。懒起画蛾眉，弄妆梳洗迟③。

照花前后镜，花面交相映。新帖绣罗襦④，双双金鹧鸪⑤。

【注释】

①小山：指美人的发髻。金：即额黄，又称鹅黄、贴黄，是唐代妇女的眉际妆，因为以黄色颜料染画于额间，故得名。②鬓云：形容鬓发蓬松，像云朵一样。度：覆盖、掩过，形容鬓角延伸向脸颊，逐渐变得轻淡，像云影轻度。香腮雪：即香雪腮，指雪白的面颊。③弄妆：梳妆打扮。④罗襦：丝绸短袄。⑤金鹧鸪：指用金线绣上去的鹧鸪鸟。

渔家傲

李清照

天接云涛连晓雾，星河欲转千帆舞^①。仿佛梦魂归帝所^②。闻天语，殷勤问我归何处。

我报路长嗟日暮^③，学诗谩有惊人句。九万里风鹏正举。风休住，蓬舟吹取三山去^④。

【注释】

①星河：银河。②帝所：天帝的住所。③我报路长嗟日暮：路长，化用屈原《离骚》"路漫漫其修远兮，吾将上下而求索"之意。日暮，隐括屈原《离骚》"欲少留此灵琐兮，日忽忽其将暮"之意。嗟，慨叹。④三山：传说中海上的三座仙山，即蓬莱、方丈、瀛洲。

满庭芳

秦观

　　山抹微云①，天连衰草，画角声断谯门②。暂停征棹，聊共引离尊③。多少蓬莱旧事④，空回首，烟霭纷纷。斜阳外，寒鸦数点，流水绕孤村。

　　销魂。当此际，香囊暗解⑤，罗带轻分⑥。谩赢得青楼薄幸名存。此去何时见也，襟袖上，空惹啼痕。伤情处，高城望断，灯火已黄昏。

【注释】

　　①抹：涂抹。②谯门：谯楼，古代用于瞭望敌情的高楼。③引：举杯。④蓬莱旧事：指往昔的欢乐。⑤香囊暗解：悄悄解下香囊作为临别纪念。⑥罗带轻分：情人间解下罗带表示赠别。

【赏析】

　　这是一首赋别词，写词人与心上人的离别情景，于别情中暗含身世之叹。

　　上片写离别前的情景。"山抹微云，天连衰草，画角声断谯门"，这三句描写送别之地的景色，一片凄迷。"暂停征棹，聊共引离尊"，心上人设宴为词人送行，两人含情对饮。

"多少蓬莱旧事，空回首，烟霭纷纷"，这临别的一刻引起词人多少回忆，但往事已矣，此时唯见烟霭纷纷。"斜阳外，寒鸦数点，流水绕孤村"，词人并不着力描写自己心中的痛苦，而是通过写景造境来展现。于这最后三句，我们足能体会到词人孤苦的内心。

"销魂。当此际，香囊暗解，罗带轻分"，离别的时刻终于还是到来了，两人解下自己的贴身之物以作别后纪念。"谩赢得青楼薄幸名存"，这句化用杜牧"十年一觉扬州梦，赢得青楼薄幸名"，感叹自己半生虚度，无限慨叹尽在其中。

"此去何时见也，襟袖上，空惹啼痕"，这几句写出了离别时的流连难舍之意。

"伤情处，高城望断，灯火已黄昏"，词人满怀伤感地离去了，他的心中是多么不舍呀，不断回望，直到高楼淡出视野。

上阕通过对场景的描写、气氛的渲染，为全词打下鲜明的情感基础。下阕"谩赢得青楼薄幸名存"化用了杜牧《遣怀》诗中的名句。杜牧原诗是表达仕途不顺的怨愤之意，秦观化用此句，将这种身世的怨愤加入写艳情的词中，仕途失意与离别之情的感慨一并袭来，加强了词的悲剧美，亦提高了词的品格。

玉蝴蝶

柳永

望处雨收云断①，凭阑悄悄，目送秋光。晚景萧疏②，堪动宋玉悲凉③。水风轻、蘋花渐老④，月露冷、梧叶飘黄。遣情伤⑤！故人何在？烟水茫茫。

难忘。文期酒会⑥，几孤风月⑦，屡变星霜⑧。海阔山遥，未知何处是潇湘⑨！念双燕、难凭远信；指暮天、空识归航⑩。黯相望。断鸿声里，立尽斜阳⑪。

【注释】

①雨收云断：雨停云散。②萧疏：萧索清冷。③堪：可以。④蘋花：一种夏秋间开小白花的浮萍。⑤遣情伤：令人伤感。遣，使得。⑥文期酒会：文人们相约饮酒赋诗的聚会。⑦几孤风月：辜负了多少美好的风光景色。几，多少回。孤，辜负。风月，美好的风光景色。⑧屡变星霜：经过了好几年。⑨潇湘：这里指所思念的人居住的地方。⑩暮天：傍晚时分。空：白白地。归航：返航的船。⑪立尽斜阳：在傍晚西斜的太阳下立了很久，直到太阳落山。

水龙吟

辛弃疾

举头西北浮<u>云</u>，倚天万里须长剑。人言此地，夜深长见，斗牛光焰。我觉山高、潭空水冷，月明星淡。待燃犀下看，凭栏却怕，风雷怒，鱼龙惨。

峡束苍江对起，过危楼，欲飞还敛。元龙老矣！不妨高卧，冰壶凉簟。千古兴亡，百年悲笑，一时登览。问何人又卸，片帆沙岸，系斜阳缆？

望江南

无名氏

天上月，遥望似一团银。夜久更阑风渐紧^①，<u>为奴吹散月边云</u>^②。照见负心人。

【注释】

①更阑：夜深人静的时候。②奴：我。

飞花令里读宋词

雨

蝶恋花

欧阳修

庭院深深深几许？杨柳堆烟，帘幕无重数。玉勒雕鞍游冶处①，楼高不见章台路②。

雨横风狂三月暮，门掩黄昏，无计留春住。泪眼问花花不语，乱红飞过秋千去。

【注释】

①玉勒雕鞍：镶玉的马笼头和雕花的马鞍。游冶处：即冶游处。指歌楼妓馆。②章台：妓女住所的代称。

【赏析】

南宋词人李清照曾作《临江仙》，其词序中称："欧阳公作《蝶恋花》，有'深深深几许'之句，予酷爱之，用其语作'庭院深深'数阕。"说明李清照对欧公此词极为钟爱，表达嘉许之情。欧阳修早期词作沿袭"花间词"和南唐传统，常以赏花惜春、闺怨幽会、离愁相思为主题，写得风流婉约、情意绵绵。这首《蝶恋花》即此类作品中最著名的一首。

飞花令里读宋词

这是一首抒发闺怨的词作。词人通过对环境的渲染，着重描写了少妇独守空闺的寂寞心情。

上片描写闺中少妇所处的环境，以及其想见意中人而不得的心情。"庭院深深深几许？"首句连用三个"深"字，极写少妇所居庭院之幽深，衬托出她的寂寞。

"杨柳堆烟，帘幕无重数"，"堆烟"写庭院之静；"帘幕无重数"，进一步写闺阁之幽深封闭。这两句愈发烘托出闺中少妇的孤独与怨艾。

"玉勒雕鞍游冶处，楼高不见章台路"，原来这位女子的幽怨是因为丈夫的花心，他终日游荡于歌楼妓馆之中，不以她为念；而她却整日盼望夫君归来，伫立高楼，遥望他的身影，然而楼虽高，却仍然望不到丈夫游冶的地方。

下片写少妇的心情。"雨横风狂三月暮，门掩黄昏，无计留春住"，暮春时节，思妇感物伤怀，她看到"雨横风狂"的景象，不禁生出"无计留春"的感慨来。这三句隐含着词人对岁月易逝、人生易老的感慨。

"泪眼问花花不语，乱红飞过秋千去"，这两句为全篇警句，深得后人喜爱。这两句以眼前之景写少妇心中之情，写出了她的痴情与绝望，蕴藉深厚。"泪眼问花"，她含着眼泪问花可知道她心中的怨恨，但花却不语，就连花儿也不同情她的遭际，一跃"飞过秋千去"。

庆清朝慢

王观

调雨为酥，催冰做水，东君分付春还。何人便将轻暖，点破残寒？结伴踏青去好，平头鞋子小双鸾。烟郊外，望中秀色，如有无间。

晴则个，阴则个，馇饤得天气有许多般①。须教镂花拨柳，争要先看。不道吴绫绣袜，香泥斜沁几行斑。东风巧，尽收翠绿，吹在眉山。

【注释】

①馇饤：原指供陈设的食物，后用来形容堆砌、罗列状。

浪淘沙^①

李煜

帘外雨潺潺^②，春意阑珊^③。罗衾不耐五更寒^④。梦里不知身是客，一晌贪欢^⑤。

独自莫凭栏，无限江山。别时容易见时难。流水落花春去也，天上人间。

【注释】

①浪淘沙：原为唐教坊曲，又名"浪淘沙令""卖花声"等。②潺潺：形容雨声。③阑珊：已残，将尽。④罗衾：绸缎做的被子。不耐：承受不住。⑤一晌：霎时，片刻。

虞美人

蒋捷

少年听<u>雨歌楼上</u>，红烛昏罗帐^①。壮年听雨客舟中，江阔云低，断雁叫西风^②。

而今听雨僧庐下^③，鬓已星星也^④。悲欢离合总无情，一任阶前^⑤，点滴到天明。

【注释】

①昏：昏暗。此处借指烛光。罗帐：古时候床上的纱幔。②断雁：失群的孤雁。③僧庐：僧人住的地方。④星星：白发如星，形容白发很多。⑤一任：任凭，听凭。

八声甘州

柳永

　　对潇潇暮雨洒江天，一番洗清秋。渐霜风凄紧①，关河冷落②，残照当楼。是处红衰翠减，苒苒物华休③。惟有长江水，无语东流。

　　不忍登高临远，望故乡渺邈④，归思难收。叹年来踪迹⑤，何事苦淹留⑥？想佳人，妆楼颙望⑦，误几回，天际识归舟。争知我⑧，倚阑干处，正恁凝愁⑨！

【注释】

　　①凄紧：秋风渐冷渐急。②关河：关山与河流。③苒苒：渐渐地。④渺邈：遥远。⑤年来：近年来。⑥淹留：久留。⑦颙：仰望。⑧争知：怎知。⑨恁：如此，这样。

浣溪沙

苏轼

软草平莎过**雨**新，轻沙走马路无尘。何时收拾耦耕身？

日暖桑麻光似泼，风来蒿艾气如薰。使君元是此中人。

临江仙

欧阳修

柳外轻雷池上**雨**①，雨声滴碎荷声。小楼西角断虹明。阑干倚处，待得月华生。

燕子飞来窥画栋，玉钩垂下帘旌。凉波不动簟纹平②。水精双枕，傍有堕钗横。

【注释】

① 柳外轻雷：柳梢之外是云空，轻雷自云空响起。② 簟：指竹席。

飞花令里读宋词

雪

定风波

苏轼

常羡人间琢玉郎^①，天应乞与点酥娘^②。尽道清歌传皓齿，风起，雪飞炎海变清凉。

万里归来颜愈少，微笑，笑时犹带岭梅香。试问岭南应不好，却道："此心安处是吾乡。"

【注释】

①琢玉郎：指王巩。卢仝《与马异结交诗》："白玉璞里斫出相思心，黄金矿里铸出相思泪。"②点酥娘：指柔奴。点酥，制作糕点时的一种裱花工艺。这里比喻柔美。

好事近

吕渭老

飞雪过江来，船在赤栏桥侧。为报布帆无恙，著两行亲札。

从今日日在南楼^①，鬓自此时白。一咏一觞谁共^②，负平生书册。

【注释】

①南楼：泛指好友欢聚之处，这里指词人在南方的住处。②一咏一觞：指赋诗饮酒。

木兰花

张先

楼下雪飞楼上宴。歌咽笙簧声韵颤。尊前有个好人人，十二阑干同倚遍。

帘重不知金屋晚。信马归来肠欲断。多情无奈苦相思，醉眼开时犹似见。

盐角儿

晁补之

开时似雪，谢时似雪，花中奇绝①。香非在蕊，香非在萼②，骨中香彻③。

占溪风，留溪月，堪羞损、山桃如血④。直饶更⑤，疏疏淡淡，终有一般情别⑥。

【注释】

①奇绝：花中绝无仅有。②萼：花萼。③骨中香彻：梅花的香气从骨子里透出来。彻，透。④堪羞损、山桃如血：可以使红得似血的山桃花羞愧得减损自己的容颜。⑤直饶：即使，尽管如此。⑥终：终究。一般情别：有别于一般的情致。

飞花令里读宋词

望海潮

柳永

东南形胜①，三吴都会②，钱塘自古繁华。烟柳画桥，风帘翠幕，参差十万人家。云树绕堤沙，怒涛卷霜雪，天堑无涯③。市列珠玑④，户盈罗绮，竞豪奢⑤。

重湖叠巘清嘉⑥，有三秋桂子，十里荷花。羌管弄晴，菱歌泛夜⑦，嬉嬉钓叟莲娃。千骑拥高牙⑧，乘醉听箫鼓，吟赏烟霞。异日图将好景⑨，归去凤池夸⑩。

【注释】

①形胜：交通便利。②三吴：此处泛指江浙的广大地区。③天堑：天然的险阻。此处指钱塘江。④珠玑：珠宝。⑤罗绮：绫罗绸缎。⑥重湖：北宋时西湖已有里湖、外湖之分，故云。叠巘：层叠的山峦。⑦菱歌：采菱女子们欢唱的歌曲。⑧高牙：本指军前大旗，此处指高官的仪仗旗帜。⑨异日：他日。图：描绘。⑩凤池：凤凰池，此处指代朝廷。

【赏析】

除表达世俗真情与落拓漂泊之外，柳永还有一类歌颂承平气象的作品，而这类颂圣词的成就丝毫不逊色。《望海潮》即这类词中的名篇，也是极富代表性的柳词佳作。柳永曲尽铺排之能事，将杭州的繁华胜景渲染得壮丽辉煌。

气势宏大是该篇作品的一大特点，笔法大开大阖，开篇三句"东南形胜，三吴都会，钱塘自古繁华"以宏大之势开题，写出盛世繁华气象，字字力透纸背，底气十足。"东南形胜"，指出杭州地理位置在东南，且景色优美；"三吴都会"，说明杭州是三吴地区的重要都市。"钱塘自古繁华"对前两句做出总结，并以"自古"二字写出杭州的历史悠久，正是因为"三吴都会"的社会地位与"东南形胜"的自然环境，才使杭州自古便是繁华之地。

总括之后，作者紧扣"形胜"与"繁华"，开始多方位、多角度细细描摹杭州胜景。"烟柳画桥"写桥柳，绘街巷之美；"风帘翠幕"写帘幕，绘住宅之精；"参差十万人家"一句转重，突出人口繁多，表现了都市的热闹富庶与安定。以上写"繁华"。

"云树绕堤沙"，钱塘江上，绿树绕堤，葱茏茂密犹如云雾。"绕"字妙写绿树掩映长堤的迤逦之态。"怒涛卷霜雪，天堑无涯"，钱塘江中，波涛滚滚，卷雪吞霜，浩荡澎湃，深如无底天堑。以上绘"形胜"。

"市列珠玑"，市场繁荣，尽列珠玑。"户盈罗绮"，户户富足，人人着罗绮。"竞豪奢"，一个"竞"字将人人比富、户户斗阔的情状描绘出来，写出了整个杭州比攀富贵、讲究奢华的情形。以上又深一步铺展"繁华"。

"重湖"即西湖，湖中白堤将西湖分成了里湖和外湖，故称"重湖"。"叠巘"指重重叠叠的山岭。"清嘉"点出了湖光山色，清丽美妙。"三秋桂子"写山中桂花，补"叠巘"之景。"十里荷花"写湖里荷花，补"重湖"之景。青山之中，桂花飘香，碧水之中，荷花十里，作者将西湖上最有代表性的两种花，以工整的对仗句写出，互生文意，展现出西湖四季的美景。这既是再次描写杭州"形胜"，也是描写杭州市民游玩之地的美丽优雅，隐隐将"繁华"之意含入景内。

　　"羌管弄晴，菱歌泛夜，嬉嬉钓叟莲娃"，湖中羌管菱歌日夜荡漾，采莲游女、垂钓渔翁穿梭其上，其乐融融。"弄晴"与"泛夜"二句是互文，写出了西湖日夜欢快热闹而又闲逸安详的情形。"弄"字点出羌管悠扬，仿似与西湖晴日相戏。"泛"字点出湖上舟行，菱歌飘洒之态。以上写平民百姓之乐。

　　"千骑拥高牙。"浩浩荡荡的达官贵人骑着骏马，高高的牙旗簇拥着他们，声势显赫。"乘醉听箫鼓，吟赏烟霞。"仕宦达贵宴饮湖上，箫鼓悠扬，乘兴吟咏美景，啸傲山水，一派融融之象。此写达贵之乐，笔调华丽，洒落雄浑，令人艳羡。"异日图将好景，归去凤池夸。"作者以达贵归朝，将好景画成图画，献于朝廷之上作为结语。"好景"二字将"形胜"与"繁华"尽含其中，而"夸"字显出此繁华佳境在朝堂之上都是可以夸耀的，尽显杭州繁盛之态。

清平乐

李煜

别来春半，触目愁肠断。砌下落梅如雪乱，拂了一身还满。

雁来音信无凭，路遥归梦难成。离恨恰如春草，更行更远还生。

千秋岁

张先

数声鶗鴂①，又报芳菲歇②。惜春更把残红折。雨轻风色暴，梅子青时节。永丰柳，无人尽日花飞雪。

莫把幺弦拨③，怨极弦能说。天不老，情难绝。心似双丝网，中有千千结。夜过也，东方未白凝残月。

【注释】

①鶗鴂：即杜鹃。②芳菲歇：意为春日已过，又是花儿凋谢的时候。③幺弦：琵琶的第四弦，音细。此处指代琴弦。

梅

望海潮

秦观

梅英疏淡，冰澌溶泄^①，东风暗换年华。金谷俊游^②，铜驼巷陌^③，新晴细履平沙^④。长记误随车^⑤。正絮翻蝶舞，芳思交加。柳下桃蹊^⑥，乱分春色到人家。

西园夜饮鸣笳。有华灯碍月，飞盖妨花^⑦。兰苑未空^⑧，行人渐老，重来是事堪嗟^⑨！烟暝酒旗斜。但倚楼极目，时见栖鸦。无奈归心，暗随流水到天涯。

【注释】

①澌：解冻时流动的冰。②金谷：金谷园，在今洛阳市东北。③铜驼：街名，在西晋都城洛阳皇宫前。④细履平沙：在沙地上缓步行走。⑤误随车：错跟别家女眷坐的车。⑥蹊：小路。⑦飞盖：指急行的马车。⑧兰苑：园林的美称，此指西园。⑨是事：凡事、事事。

飞花令里读宋词

江神子

葛胜仲

昏昏雪意惨云容，猎霜风，岁将穷。流落天涯，憔悴一衰翁。清夜小窗围兽火①，倾酒绿②，借颜红。

官梅疏艳小壶中，暗香浓，玉玲珑。对景忽惊，身在大江东。上国故人谁念我③，晴嶂远，暮云重。

【注释】

①兽火：带有兽头笼盖的火盆。②倾酒绿：新酿的酒还未滤清时，酒面上会浮起酒渣，所以色泽微绿（即绿酒），细如蚁（即酒的泡沫），称为"绿蚁"。后世偏用"蚁"来代称酒，也有偏用"绿"来代称酒的。③上国：这里指国都。

踏莎行

欧阳修

候馆梅残^①，溪桥柳细。草薰风暖摇征辔^②。
离愁渐远渐无穷，迢迢不断如春水。

寸寸柔肠，盈盈粉泪。楼高莫近危阑倚^③。
平芜尽处是春山^④，行人更在春山外。

【注释】

①候馆：驿馆。②草薰：小草散发出清香的气
味。薰，气味袭人。摇征辔：指策马远行。辔，缰
绳。③危阑：高楼上的栏杆。④平芜：绵延不断、
向远方伸展的草地。芜，草地。

点绛唇

李清照

蹴罢秋千①，起来慵整纤纤手。露浓花瘦，薄汗轻衣透。

见客入来，袜刬金钗溜②。和羞走。倚门回首，**却把青梅**嗅。

【注释】

①蹴：踏。②袜刬：没来得及穿鞋子，只穿着袜子。

【赏析】

这是一首描写爱情的词，词中描绘了一个情窦初开的少女形象，表现了词人对爱情的无限渴望。

上片描写了一个天真活泼、娇俏动人的少女形象。"蹴罢秋千，起来慵整纤纤手"，一个天真烂漫、无拘无束的少女形象跃然纸上，她刚荡完秋千，慵懒地整理了一下纤纤玉手，怡然地在院子里游荡。"慵整"二字用得非常贴切，从秋千上下来后，双手麻麻的，但她又懒得稍微活动一下，"慵整"这一动词写出少女的娇憨随性。"纤纤手"承接，以"纤纤"状细指，添优美娇柔。仅此两句，即将少女倦极后不愿动弹的形象刻画得惟妙惟肖。

"露浓花瘦"，"花瘦"，即含苞未放之花。花园里是那么美，花儿含苞待放。仔细一看，花蕾上还有着圆圆滚滚的露珠。"薄汗轻衣透"，秋千荡得忘乎所以了，也不知荡了多久，下来时，才发现薄衫已经湿透。这又进一步写出少女的天真与无忧。

下片写少女情窦初开，将她的娇羞之态刻画得十分生动。"见有人来，袜划金钗溜。和羞走"，少女忽然发现有人来了，惊羞之下她匆匆忙忙地跑了，连鞋子也没顾上穿，由于跑得急，头上的金钗也滑落了。这三句写出了少女的娇羞情态。

少女"见客入来"后，面带羞涩疾步离去，但是她并非就此一去不回头，而是倚靠门扉，偷偷回首观望客人，假以嗅青梅来掩饰自己。"倚门"显其慵懒，"回首"有含羞但又渴望看见的微妙心理，一个"却"字转承，将女子借由"嗅青梅"来偷看客人的羞怯一笔晕开。就整个下阕统观，细摹女子"见客入来"后的形象，虽未直言客人形象，但是由女子的动作可以断定来客当是一位风度翩翩的少年，女子见后有心动之感，才会在疾步走后仍"倚门回首"，一顾三盼。

这首词并没有把重心放到对少女形貌的刻画上，而重在刻画她的动作，从这些动作中又折射出少女微妙、丰富的内心世界。

上阕以静描景，下阕以动画人，动静结合，情景交融，描画出少女突遇心仪男子，怦然心动的反应，可爱而不失矜持，羞怯而不忘含情，具体生动，天真烂漫。

瑞龙吟

周邦彦

章台路①，还见褪粉梅梢，试花桃树②。愔愔坊陌人家③，定巢燕子，归来旧处。

黯凝伫，因念个人痴小，乍窥门户。侵晨浅约宫黄④，障风映袖⑤，盈盈笑语。

前度刘郎重到，访邻寻里，同时歌舞。惟有旧家秋娘，声价如故。吟笺赋笔，犹记《燕台》句。知谁伴、名园露饮，东城闲步？事与孤鸿去，探春尽是，伤离意绪。官柳低金缕，归骑晚，纤纤池塘飞雨。断肠院落，一帘风絮。

【注释】

①章台路：章台，台名。秦昭王曾在咸阳造章台，台前有街，所以称章台街或章台路，那里非常繁华，歌楼妓馆林立，后人因此以章台代指妓女聚居之地。②试花：指刚开花。③愔愔：安静无声。④宫黄：古代妇女涂黄色脂粉于额上做妆饰，所以称额黄。宫中所用的为最上品，因而称宫黄。⑤障风：披风。

踏莎行

寇准

春色将阑，莺声渐老，红英落尽青梅小^①。画堂人静雨蒙蒙，屏山半掩余香袅。

密约沉沉^②，离情杳杳。菱花尘满慵将照。倚楼无语欲销魂，长空黯淡连芳草。

【注释】

① 红英：红花。② 密约：指两人的约定。

瑞鹧鸪

柳永

天将奇艳与寒梅。乍惊繁杏腊前开。暗想花神、巧作江南信，鲜染燕脂细剪裁。

寿阳妆罢无端饮，凌晨酒入香腮。恨听烟坞深中，谁恁吹羌管逐风来。绛雪纷纷落翠苔。

兰

人南渡

贺铸

兰芷满汀洲，游丝横路。罗袜尘生步，迎顾。整鬟颦黛，脉脉两情难语。细风吹柳絮，人南渡。

回首旧游，山无重数。花底深朱户，何处？半黄梅子，向晚一帘疏雨。断魂分付与，春将去。

渔家傲

王安石

平岸小桥千嶂抱，柔兰一水萦花草。茅屋数间窗窈窕。尘不到，时时自有春风扫。

午枕觉来闻语鸟，攲眠似听朝鸡早。忽忆故人今总老。贪梦好，茫然忘了邯郸道。

浣溪沙

苏轼

游蕲水清泉寺，寺临兰溪，溪水西流。

山下兰芽短浸溪，松间沙路净无泥。潇潇暮雨子规啼。

谁道人生无再少？门前流水尚能西！休将白发唱黄鸡①。

【注释】

①黄鸡：白居易《醉歌》诗有"谁道使君不解饮，听唱黄鸡与白日。黄鸡催晓丑时鸣，白日催年酉前没。腰间红绶系未稳，镜里朱颜看已失"诸句，为嗟老叹衰之词。

满江红

岳飞

怒发冲冠①，凭栏处、潇潇雨歇②。抬望眼，仰天长啸③，壮怀激烈。三十功名尘与土④，八千里路云和月⑤。莫等闲⑥，白了少年头，空悲切。

靖康耻⑦，犹未雪。臣子恨，何时灭！驾长车，踏破贺兰山缺⑧。壮志饥餐胡虏肉，笑谈渴饮匈奴血。待从头收拾旧山河，朝天阙⑨。

【注释】

①怒发冲冠：形容愤怒至极。②潇潇：形容雨势急而大。③长啸：大声呼喊。④三十功名尘与土：而立之年，建立了一些微不足道的功名。⑤八千里路云和月：形容自身南征北战的艰苦过程。⑥等闲：轻易，随随便便。⑦靖康耻：靖康之变。宋钦宗靖康二年（1127年），金兵攻陷汴京，掳走徽、钦二帝。⑧贺兰山：贺兰山脉位于宁夏回族自治区与内蒙古自治区交界处。⑨朝天阙：朝见皇帝。天阙，本指宫殿前的楼观，此处代指皇帝生活的地方。

【赏析】

在岳飞所有的词作中，这是最为世人熟识的一首，笔力雄厚，情感激荡，其中流露的抗敌御侮的决心和浓厚深沉的爱国情感，千百年来感染、激励了无数的中华儿女。

开篇三句，人物形象鲜明，十分具有镜头感。潇潇秋雨初霁时，主人公怒发冲冠，独上高楼。此句用意隐晦，虽不明言词人究竟怒从何来，却借蔺相如的典故将其点化出来。战国时蔺相如因为赵国受到秦王的欺侮怒不可遏，而如今词人自己的郁闷难解也正是因为相似的境遇。

"抬望眼，仰天长啸，壮怀激烈"，词人独倚高楼，俯仰之间，乾坤六合尽入眼底，因而心旌摇动，情思动荡，禁不住仰天长啸，抒发自己的英雄壮怀，给人以"力拔山兮气盖世"的磅礴气概。

"三十功名尘与土，八千里路云和月"，短短十四个字，以极工整的对偶写出了岳飞戎马半生的感慨。三十年间，逐名追利，谋建功勋，不过如飞扬的尘土般不堪一提；八千里路，奔波疆场，驱驰胡虏，幸有云月为伴。词人征战半生，功名卓著，绝非"尘与土"可以比拟形容，词人之所以如此说，是为下文将要叙说的内容做铺垫。

"莫等闲，白了少年头，空悲切"，此三句历来为人称颂，词人似乎是在勉励他人，又像是在勉励自己：人生短促，如白云苍狗，三十年华已去，唯有珍惜余下的时光，才能使自己不在白发暮年空留悲切。

从"靖康耻"到"何时灭"几句紧承上文而来，点明词人心中郁结所在：靖康之耻犹未雪灭，被掳走的徽、钦二帝也尚未迎回，臣子心中自然抱恨无穷。也正因如此，词人才会在上阕作勉励语。这几句音节短促，读来铿锵有力，可以想见词人作此语时激愤难平、目眦欲裂的情态。

"驾长车"以下二句，词人豪情迸发，誓言终有一日要踏平贺兰山脉，直捣黄龙，啖胡人的肉，饮匈奴的血。"饥餐""渴饮"两句，气势充沛，酣畅至极，表现了作者对胡虏逆贼的刻骨仇恨，而作者亲驾战车、左右厮杀的身影也凛凛若神明般摄人心魄。

最后两句，词人目及北方，眼见山河异姓，残破凋零，乃发下豪愿，待重新整理山河后必偕同中原父老齐来朝拜天子。此两句读来令人深受鼓舞，其中蕴含的胸襟胆识令闻者无不为之动容激荡。

然而，岳飞发未白，金兵已自陷于困境，宋军本有机会一举灭掉金人军队。然而由于小人奸计，宋朝不战而降，岳飞也被以"莫须有"的罪名处死于风波亭。一代名将，就此陨落，千载以来，犹有余悲。

蝶恋花

晏殊

　　槛菊愁烟兰泣露①，罗幕轻寒②，燕子双飞去。明月不谙离别苦③，斜光到晓穿朱户④。

　　昨夜西风凋碧树⑤，独上高楼，望尽天涯路。欲寄彩笺兼尺素⑥，山长水阔知何处。

【注释】

　　①槛菊：栏杆旁的菊花。槛，栏杆。②罗幕：丝罗做的帷幕，此指屋内。③谙：知晓。④朱户：大户人家。⑤凋：凋落。碧树：绿树。⑥彩笺兼尺素：指书信、题诗。

鹧鸪天

晏几道

守得莲开结伴游，<u>约开萍叶上兰舟</u>。来时浦口云随棹，采罢江边月满楼。

花不语，水空流，年年拼得为花愁。明朝万一西风动，争奈朱颜不耐秋。

浣溪沙

苏轼

轻汗微微透碧纨，<u>明朝端午浴芳兰</u>。流香涨腻满晴川。

彩线轻缠红玉臂，小符斜挂绿云鬟。佳人相见一千年。

飞花令里读宋词

竹

定风波

苏轼

三月七日，沙湖道中遇雨①。雨具先去②，同行皆狼狈，余独不觉。已而遂晴，故作此。

莫听穿林打叶声，何妨吟啸且徐行。**竹杖芒鞋轻胜马**③，谁怕? 一蓑烟雨任平生。

料峭春风吹酒醒，微冷。山头斜照却相迎。回首向来萧瑟处，归去，也无风雨也无晴。

【注释】

①沙湖：在今湖北黄冈东南。②雨具先去：指带着雨具的人先走了。③芒鞋：草鞋。

【赏析】

元丰二年（1079 年），苏轼因被诬作诗"谤讪朝廷"遭御史弹劾，被捕入狱，史称"乌台诗案"。他在狱中饱受折磨，几近生死边缘，后又被贬为黄州团练副使———一个毫无实权的闲职。虽然怀才不遇、抱负未展，但词人并未因此产生消极避世的想法，依然有旷达超脱的胸襟，还有超凡脱俗的人生理想。被贬至黄州三年后的一个春天，苏轼外出途中偶遇一场风雨，他借由这件寻常小事赋成此作，饱含哲理。

"莫听穿林打叶声，何妨吟啸且徐行"，开端即以挥洒自如的笔调展现词人胸中不萦怀外物、视周遭风雨如无物的旷达情怀，奠定了昂扬乐观的基调。"莫听穿林打叶声"一句从触觉、听觉两重感官渲染风狂雨骤的恶劣环境，反衬作者光风霁月的心态。"何妨吟啸且徐行"一句，形象地描绘了词人在风雨飘摇的竹林中缓步行走，悠然从容地吟诗诵词的场景。

"竹杖芒鞋轻胜马，谁怕"，强调了词人面对艰难淡然处之的生活态度，"竹杖""芒鞋"象征平民生活，屡入苏轼诗词，如"芒鞋青竹杖，自挂百钱游""不问人家与僧舍，拄杖敲门看修竹"。本词中以竹杖芒鞋的平民生活与肥马轻裘的贵族生活做对比，表现了词人傲视权贵、甘于淡泊的伟岸人格。

"一蓑烟雨任平生"，寥寥七字简练概括了词人对淡泊人生的向往，也表达了词人搏击风雨、笑傲人生的豪迈与喜悦之情。由眼前风雨联想到整个人生，不仅拔高境界，也升华了主旨。此处的"一蓑烟雨"，既实指周遭这场疾风骤雨，也象征着人生的风雨。"任平生"是词人绝不向现实妥协的宣言，表达了他要坚定、乐观、豁达地面对人生各种苦难的志向。

下阕主要描写雨停放晴的景象。"料峭春风吹酒醒，微冷。山头斜照却相迎"，料峭的春风吹醒了酒醉的词人，正感微微冷意时，山头那边的阳光斜照过来，让他顿感温暖。此处宛有"山重水复疑无路，柳暗花明又一村"之妙，阐述了"祸兮福所倚，福兮祸所伏"的道理。人生充满机遇，寒冷之后会有温暖，逆境中蕴含着无限希望，所以不能一味地消沉悲苦，而要对未来充满希望。这是苏轼在历经磨难与打击之后，内心通彻而达观的人生态度。

"回首向来萧瑟处，归去，也无风雨也无晴"，此处蕴含两重意思，既写雨过天晴的真实天气，也抒发词人的人生感慨。回首观望来路，风雨已过，一片晴空。词人已达到超脱外物、浑然忘我的境界，所以无论风雨还是晴天，都没有在词人心中留下痕迹，他的心境澄澈、空明。结尾一句，历来被人所称道，与"宠辱不惊，看庭前花开花落；去留无意，望天外云卷云舒"有着同样旷达潇洒的境界，一简洁一舒缓，却是历经喧嚣之后渴望天人合一、回归自然的大彻大悟。结尾不仅点破题旨，还起到了升华主题的作用。

被卷进政治旋涡，体验过仕途凶险、人心险恶之后，词人仍能"不以物喜，不以己悲"，这种宠辱不惊、淡泊从容的人生态度实在难得。全词言简意赅，内涵丰富，意境深邃，长短句错落有致，读来朗朗上口，有种抑扬顿挫之美，令人心胸开阔、豪气顿生。

汉宫春

晁冲之

潇洒江梅，向**竹**梢稀处，横两三枝。东君也不爱惜，雪压风欺。无情燕子，怕春寒、轻失花期。惟是有、南来归雁，年年长见开时。

清浅小溪如练，问玉堂何似，茅舍疏篱？伤心故人去后，冷落新诗。微云淡月，对孤芳、分付他谁。空自倚、清香未减，风流不在人知。

虞美人

李煜

风回小院庭芜绿，柳眼春相续。凭阑半日独无言，依旧**竹**声新月似当年。

笙歌未散尊罍在，池面冰初解。烛明香暗画堂深，满鬓清霜残雪思难任。

小重山

岳飞

　　昨夜寒蛩不住鸣，惊回千里梦，已三更。起来独自绕阶行，人悄悄，窗外月胧明。

　　白首为功名，旧山松**竹**老，阻归程。欲将心事付瑶琴，知音少，弦断有谁听？

鹧鸪天

苏轼

　　林断山明**竹**隐墙，乱蝉衰草小池塘。翻空白鸟时时见①，照水红蕖细细香②。

　　村舍外，古城旁③，杖藜徐步转斜阳④。殷勤昨夜三更雨，又得浮生一日凉。

【注释】

　　①翻空：在空中翻飞。②红蕖：红色的荷花。

　　③古城：此处指黄州古城。④杖藜：拄着藜杖。

念奴娇

黄庭坚

八月十七日，同诸甥步自永安城楼，过张宽夫园待月。偶有名酒，因以金荷酌众客[①]。客有孙彦立，善吹笛。援笔作乐府长短句，文不加点。

断虹霁雨[②]，净秋空，山染修眉新绿。桂影扶疏[③]，谁便道，今夕清辉不足？万里青天，姮娥何处，驾此一轮玉。寒光零乱，为谁偏照醽醁[④]？

年少从我追游，晚凉幽径，绕张园森木。共倒金荷家万里，难得尊前相属[⑤]。老子平生，江南江北，最爱临风曲。孙郎微笑[⑥]，<u>坐来声喷霜竹</u>[⑦]。

【注释】

①金荷：金荷杯。②霁雨：雨停。③桂影：月中之影。古人以为月宫中有桂树，故云。扶疏：形容月中桂影斑驳。④醽醁：美酒名。⑤属：劝酒。⑥孙郎：即序中的孙彦立。⑦霜竹：指笛。

浣溪沙

周邦彦

　　楼上晴天碧四垂①，楼前芳草接天涯②。劝君莫上最高梯③。

　　新笋已成堂下**竹**，落花都上燕巢泥④。忍听林表杜鹃啼⑤。

【注释】

　　①碧四垂：四面青天连着远方的绿野，从上到下都是绿色。②芳草：指被芳草覆盖的归途。③高梯：高楼，古人有登高的习俗，但是很容易勾起思乡的情绪。④燕巢泥：落花所化的泥土被燕子衔去筑巢。⑤林表：林外。

菊

浣溪沙

苏轼

菊暗荷枯一夜霜。新苞绿叶照林光。竹篱茅舍出青黄。

香雾噀人惊半破，清泉流齿怯初尝。吴姬三日手犹香。

鹧鸪天

黄庭坚

座中有眉山隐客史应之和前韵，即席答之。
黄菊枝头生晓寒，人生莫放酒杯干。风前横笛斜吹雨，醉里簪花倒著冠①。

身健在，且加餐，舞裙歌板尽清欢。黄花白发相牵挽②，付与时人冷眼看。

【注释】

①簪花：将花插在头上。倒著冠：倒戴着帽子。②黄花：同黄华，指未成年人。

木兰花慢

吴文英

送秋云万里，算舒卷、总何心。叹路转羊肠，人营燕垒，霜满蓬簪。愁侵。庾尘满袖，便封侯、那羡汉淮阴。一醉莼丝脍玉，忍教**菊**老松深。

离音。又听西风，金井树、动秋吟。向暮江目断，鸿飞渺渺，天色沉沉。沾襟。四弦夜语，问杨琼、往事到寒砧。争似湖山岁晚，静梅香底同斟。

南歌子

吕本中

驿路侵斜月，溪桥度晓霜。短篱残**菊**一枝黄，正是乱山深处过重阳。

旅枕元无梦①，寒更每自长。只言江左好风光②，不道中原归思转凄凉。

【注释】

①元：原来，本来。②江左：江东，泛指东南地区。

鹧鸪天

李清照

寒日萧萧上琐窗，梧桐应恨夜来霜。酒阑更喜团茶苦，梦断偏宜瑞脑香。

秋已尽，日犹长，仲宣怀远更凄凉。不如随分尊前醉，莫负东篱**菊**蕊黄。

【赏析】

"寒日萧萧上琐窗，梧桐应恨夜来霜。"秋日时节，寒气逼人，萧萧秋意逐渐显现，透过窗扉，只见夜幕降临，霜花落下，梧桐更显凋敝。"萧萧"一词直接点明秋季的萧瑟，也写出心境的萧萧意味。"上"字写出缓慢上移的动态过程，在此句"日上琐窗"中，写日光慢慢升高，而词人能如此细致地观察到这渐升的过程，暗暗道出了她无聊寂寞的境况。"梧桐应恨夜来霜"，梧桐意象本来就暗含萧瑟意味，又兼"夜来霜"，倍添孤独和凄凉。

"酒阑更喜团茶苦，梦断偏宜瑞脑香"，"酒阑"为饮酒将尽时；"团茶"是解酒用的茶饼；"瑞脑"亦名"龙脑"，是女子闺阁中常用的一种熏香。这两句的意思是：酒醉后更喜欢饮苦涩的团茶来解酒，梦醒后更偏爱馨香的瑞脑弥漫。"团茶"为解酒而喝，苦涩难耐，量越大苦味越重，词人在此却"更喜团茶苦"，可见其酒醉程度很深，只有极苦的茶方能解酒；"瑞脑"为熏香所用，味道极淡，一般不易察觉，但是此时词人却"偏宜瑞脑香"，从侧面显出自己清冷寂寥的心情。"喜"和"宜"以乐景写哀情，更显喜景的忧伤、哀情的凄凉。

"秋已尽，日犹长，仲宣怀远更凄凉。""秋尽"时分，本是夜长的征兆，词人却感"日犹长"，此"日"不仅是对白昼的观照，更是对岁月年华的影射，作者因为孤单，方感时间过得很慢，度日如年。"犹"字更将此难耐之情涂抹得浓郁难遣、幽怨凄楚。"仲宣"指王仲宣，即东汉末年著名的文学家王粲，"建安七子"之一，仕途坎坷，郁郁不得志，曾书《登楼赋》抒发壮志难酬的感慨，还有远离家乡思念亲人的感情。此时李清照借景思人，不禁想到王粲，"凄凉"之情由此引起，着"更"字点缀，顿显情之难耐。

最后，词人笔锋一转，由上面的哀情转而进入超脱的意境："不如随分尊前醉，莫负东篱菊蕊黄。""不如"将全篇的意境宕开，"萧萧""凄凉"之意随着"不如"二字逐渐消散。"随分"即随意，词人要表达的是：不如在此对酒畅饮，不要辜负了这"采菊东篱下，悠然见南山"的大好情致！"莫负"和"不如"对应，承接旷达心境。表面看来，此结语两句是词人的超凡语，实则暗含深深的悲凉，李清照无计可施，只能借酒消愁，自我慰藉。无尽的苦楚和思念只能如饮酒似的一饮而尽，无处排遣。

菊

水调歌头

朱熹

江水浸云影，鸿雁欲南飞。携壶结客何处？空翠渺烟霏。尘世难逢一笑，况有紫萸黄**菊**，堪插满头归。风景今朝是，身世昔人非。

酬佳节，须酩酊，莫相违。人生如寄，何事辛苦怨斜晖。无尽今来古往，多少春花秋月，那更有危机。与问牛山客，何必独沾衣。

虞美人

郭应祥

梅桃末利东篱**菊**。着个瓶儿簇。寻常四物不同时。恰似西施二赵、太真妃。

从来李郭多投分。伯仲俱清俊。苍颜独我已成翁。尚许掀髯一笑、对西风。

天

南歌子

李清照

天上星河转，人间帘幕垂。凉生枕簟泪痕滋①，起解罗衣聊问夜何其。

翠贴莲蓬小，金销藕叶稀。旧时天气旧时衣，只有情怀不似旧家时！

【注释】

①簟：席子。

霜天晓角

韩元吉

倚天绝壁，直下江千尺。天际两蛾凝黛，愁与恨、几时极！

暮潮风正急，酒阑闻塞笛。试问谪仙何处？青山外，远烟碧。

水龙吟

辛弃疾

楚天千里清秋，水随**天**去秋无际。遥岑远目，献愁供恨，玉簪螺髻①。落日楼头，断鸿声里②，江南游子③。把吴钩看了④，栏干拍遍⑤，无人会，登临意。

休说鲈鱼堪脍，尽西风，季鹰归未⑥？求田问舍，怕应羞见、刘郎才气⑦。可惜流年，忧愁风雨，树犹如此⑧！倩何人唤取，红巾翠袖，揾英雄泪⑨！

【注释】

①"遥岑"三句：意为远山看起来，很像没人插戴的玉簪和螺旋形的发髻，可是却处处触发自己的愁恨。遥岑，远山。此处指的是长江以北沦陷区的山，所以说远山"献愁供恨"。②断鸿：失群的孤雁。③江南游子：作者自指。辛弃疾家在济南，属于沦陷区；他客居江南，故称"江南游子"。④吴钩：一种吴地出产的弯形的剑。看吴钩，是希望使用它立功的意思。⑤栏干拍遍：胸中有郁闷之气，借拍打栏杆来抒发。栏干，即"栏杆"。

⑥"休说"三句：意为自己不贪恋生活享受，不愿意学张翰那样忘怀国事，弃官归乡。季鹰，张翰字。据《晋书·张翰传》记载，张翰在京城做官，见秋风起，便思念家乡吴中的鲈鱼，于是弃官归乡了。⑦"求田问舍"三句：是说自己想求田问舍，却又害怕刘备那样的英雄人物耻笑；表示自己不愿意买田置屋，注重生活享受。求田问舍，买田置屋。刘郎，指刘备。⑧树犹如此：据刘义庆《世说新语》记载，东晋桓温北伐时，路过金城，看到自己以前在此为官时种的柳树已经长得可以合抱了，于是感叹："树犹如此，人何以堪！"意思是树木都老了，人怎么能不衰老呢？⑨"倩何人"三句：这是作者英雄抱负不能实现，得不到同情和慰藉的感叹。倩，通"请"。红巾翠袖，指歌女。揾，擦拭。英雄泪，英雄失意的眼泪。

【赏析】

辛弃疾是南宋著名的豪放派词人，他的词大多带有强烈的爱国主义思想。这首词大约写于淳熙元年（1174年），是辛弃疾任建康通判时所作。整首词借景抒情，借登临周览一抒忧国忧时的哀愁和报国无门的愤懑。

词的上片写作者登高远望所见之景。开头两句，"楚天千里清秋，水随天去秋无际"，是写水，写得气势浩大。

"遥岑远目，献愁供恨，玉簪螺髻"三句写山。远山层层叠叠，如美人头上的发簪。江山虽美，但只能引起词人的忧愁和愤恨。至于为什么而发愁生恨，词中没有正面交代，但结合作者生平，我们可以意会到，因为他怀有济世之策而得不到任用；宋统治者不思进取，收复中原无望。

"落日楼头，断鸿声里，江南游子"，此三句虽仍然写景，但句句含情，状羁旅愁情。"把吴钩看了，栏干拍遍，无人会，登临意"，此四句回到人物主体，直抒胸臆。词人描写了一系列动作，运密于疏，将强烈的思想感情寓于平淡的笔墨之中。读之，能不感受到词人那思潮澎湃的心情！

下片言志抒怀。"休说鲈鱼堪脍，尽西风，季鹰归未？求田问舍，怕应羞见、刘郎才气"，这几句用了几个典故，词人说他不愿效仿张翰退隐，也不愿学许汜求田问舍，而是要像刘备一般时时思虑着国家，收复中原。

"可惜流年，忧愁风雨，树犹如此！"继而又感叹流年似水，光阴虚度。树尚且生长得那样高大，人就更不用说，已经老了。

"倩何人唤取，红巾翠袖，揾英雄泪！"想到此伤心处，词人不禁潸然洒泪。英雄失路托足无门之悲，读之让人唏嘘不已。

瑞鹤仙

周邦彦

悄郊原带郭,行路永,客去车尘漠漠。斜际映山落,敛余红犹恋,孤城阑角。凌波步弱,过短亭、何用素约。有流莺劝我,重解绣鞍,缓引春酌。

不记归时早暮。上马谁扶,醒眠朱阁。惊飙动幕,扶残醉,绕红药。叹西园已是花深无地,东风何事又恶?任流光过却,犹喜洞**天**自乐。

夜半乐

柳永

冻云黯淡**天**气①,扁舟一叶②,乘兴离江渚。度万壑千岩③,越溪深处④。怒涛渐息,樵风乍起⑤,更闻商旅相呼,片帆高举。泛画鹢⑥、翩翩过南浦。

望中酒旆闪闪⑦,一簇烟村,数行霜树。残日下、渔人鸣榔归去⑧。败荷零落,衰杨掩映。岸边两两三三、浣纱游女⑨。避行客、含羞笑相语。

到此因念^⑩，绣阁轻抛^⑪，浪萍难驻^⑫。叹后约丁宁竟何据^⑬？惨离怀、空恨岁晚归期阻。凝泪眼、杳杳神京路^⑭。断鸿声远长天暮^⑮。

【注释】

①冻云：冬天浓重聚积的云。②扁舟：小船。③万壑千岩：出自《世说新语·言语》：顾恺之自会稽归来，盛赞那里的山川之美，说："千岩竞秀，万壑争流。"这里指千山万水。④越溪：泛指越地的溪流。⑤樵风：顺风。⑥鹢：泛舟。鹢是古书上说的一种水鸟，不怕风暴，善于飞翔。古时船家常在船头画鹢首以图吉利。⑦望中：在视野里。酒旆：酒店用来招引顾客的旗幌。⑧鸣榔：用木棍敲击船舷，以惊鱼入网。⑨浣纱游女：水边洗衣劳作的农家女子。⑩因：这里是"于是""就"的意思。⑪绣阁轻抛：轻易抛弃了偎红倚翠的生活。⑫浪萍难驻：漂泊漫游如浪中浮萍一样行踪无定。⑬后约：约定以后相见的日期。⑭杳杳：遥远的意思。神京：指都城汴京。⑮断鸿：失群的孤雁。

浣溪沙

孙光宪

蓼岸风多橘柚香，<u>江边一望楚**天**长</u>。片帆烟际闪孤光。

目送征鸿飞杳杳①，思随流水去茫茫。兰红波碧忆潇湘。

【注释】

① 征鸿：远飞的大雁。杳杳：深远貌。

西江月

张孝祥

问讯湖边春色，重来又是三年。东风吹我过湖船，杨柳<u>丝丝</u>拂面。

世路如今已惯，此心到处悠然。<u>寒光亭下水连**天**</u>①，飞起沙鸥一片。

【注释】

① 寒光亭：在三塔寺内。

长

酒泉子

潘阆

长忆观潮，满郭人争江上望。来疑沧海尽成空，万面鼓声中。

弄潮儿向涛头立，手把红旗旗不湿。别来几向梦中看，梦觉尚心寒。

破阵子

晏殊

燕子来时新社①，梨花落后清明。池上碧苔三四点，叶底黄鹂一两声。日长飞絮轻。

巧笑东邻女伴②，采香径里逢迎。疑怪昨宵春梦好，原是今朝斗草赢③，笑从双脸生。

【注释】

①新社：即春社。古时祭祀土神的日子有春社、秋社之分，一般在立春、立秋后第五个戊日。②巧笑：美丽的笑容。③斗草：古时妇女常做的一种游戏，以手中草斗输赢。

飞花令里读宋词

【赏析】

　　正是梨花飘飞的清明时节，邻里乡民们齐聚一起，踏春赏景。街头巷陌、田间池边，到处洋溢着春日的喜悦。连那些久居闺中的少女们也三两成群地外出游玩，享受这难得的春日时光。晏殊词多写闲适的贵族生活，本篇却以民间少女为主人公，写她们在春日里的生活片段，侧重于表现自然风光的优美和平民生活的情趣。

　　词的上片写景。开头两句为全词奠定了明朗、和谐的基调。接下来的三句描绘了一个春意盎然的园子，园中有一个碧水荡漾的池塘，池面上点缀着一些青苔，密林深处不时传来莺儿的歌唱声，空中还有柳絮飞舞。

　　下片写人。"巧笑东邻女伴，采香径里逢迎"，春暮夏初，白昼一天长似一天，少女们恰又停下了手里的针线活，她们怎么能耐得住寂寞无聊的生活呢？因此她们便投入大自然的怀抱里。采香径里，两个女孩相逢了。"疑怪昨宵春梦好，原是今朝斗草赢，笑从双脸生"，少女们相逢后，欢欢喜喜地斗起草来。词人捕捉住两人斗草时的情景，着意描写人物的内心活动与神态，以轻松欢快的笔调写出了少女纯洁无瑕、活泼天真的性格特征。

卜算子

李之仪

我住**长**江头，君住长江尾。日日思君不见君，共饮长江水。

此水几时休，此恨何时已。只愿君心似我心，定不负相思意！

捣练子令

李煜

深院静，小庭空，断续寒砧断续风①。无奈夜**长**人不寐，数声和月到帘栊②。

【注释】

①寒砧：寒夜捣帛声。古代秋来，家人捣帛为他乡游子准备寒衣。砧，捣衣石。②栊：窗户。

飞花令里读宋词

菩萨蛮

温庭筠

玉楼明月**长**相忆，柳丝袅娜春无力。门外草萋萋①，送君闻马嘶。

画罗金翡翠②，香烛销成泪③。花落子规啼，绿窗残梦迷。

【注释】

①萋萋：形容草长得茂盛的样子。②画罗：有画饰的丝织罗帐。③销：燃烧熔化。

安阳好

韩琦

安阳好，形势魏西州。曼衍山川环故国，升平歌吹沸高楼。和气镇飞浮。

笼画陌，乔木几春秋。花外轩窗排远岫，**竹**间门巷带**长**流。风物更清幽。

南乡子

冯延巳

　　细雨湿流光①，芳草年年与恨长。烟锁凤楼无限事②，茫茫。鸾镜鸳衾两断肠③。

　　魂梦任悠扬，睡起杨花满绣床。薄幸不来门半掩④，斜阳。负你残春泪几行。

【注释】

　　①流光：光阴。②凤楼：妇女居住的妆楼。③鸾镜：梳妆镜。④薄幸：形容对爱情不专一的男子。

日

武陵春

李清照

风住尘香花已尽①，日晚倦梳头。物是人非事事休，欲语泪先流。

闻说双溪春尚好②，也拟泛轻舟。只恐双溪舴艋舟③，载不动许多愁。

【注释】

①风住尘香：风停了，尘土里带有落花的香气。尘香，落花化为尘土，而芳香犹在。②双溪：在浙江省金华。东港、西港二水流至金华汇合，称婺港，又称双溪，唐宋时已成为文人骚客游赏吟咏的胜地。③舴艋舟：形似蚱蜢的小船。

思帝乡

韦庄

春日游，杏花吹满头。陌上谁家年少、足风流^①。

妾拟将身嫁与、一生休^②。纵被无情弃，不能羞^③。

【注释】

①足风流：那么风流倜傥。足，那么。②拟：打算。③羞：羞愧。

好事近

蒋元龙

叶暗乳鸦啼，风定老红犹落。蝴蝶不随春去，入熏风池阁。

休歌金缕劝金卮，酒病煞如昨。帘卷日长人静，任杨花飘泊。

渔家傲

范仲淹

塞下秋来风景异，衡阳雁去无留意①。四面边声连角起②。千嶂里③，<u>长烟落日孤城闭</u>。

浊酒一杯家万里，燕然未勒归无计④。羌管悠悠霜满地。人不寐，将军白发征夫泪。

【注释】

①衡阳雁去：古人认为大雁南飞至衡阳而止。②边声：边境上的马嘶、风号等声音。角：军中号角。③嶂：形容高险如屏障的山峦。④燕然未勒：谓外患未平。燕然，东汉窦宪大破北匈奴后，曾登燕然山（蒙古国杭爱山）刻石记功。勒，刻。

【赏析】

范仲淹不仅是北宋著名的政治家、文学家，还是一位杰出的军事家。宋仁宗时期，西夏大军时常侵犯宋朝延州（今陕西西安附近）等地，宋军节节败退，边关告急。康定元年（1040年），仁宗任命范仲淹为陕西经略副使兼知延州。词人此时已年过半百，但他毅然奔赴边地，领兵戍守

4 年之久。这首家喻户晓的《渔家傲》便是他在边塞军中所作，表达了守边将士保家卫国的英雄气概，以及思念家乡的凄苦心情。

上阕勾勒出辽远萧瑟的边地秋日风光，用"雁去""边声""连角""长烟""落日"等富有边塞特征的意象，含蓄地表达出词人沉郁、苍凉的心境。

"塞下秋来"四字点明时间、地点。秋风扫过边塞，词人眼前呈现出一幕与内地迥异的秋日风光，故而用"风景异"三字概括而出。"异"字用得极好，首先，明示边塞内外风景有异，含有惊异之情；其次，当时正处于两军交战的危急情势下，此时的边塞与其他时候也有异；最后，词人在边关的心境与在内地为官时也有异，揭示出词人关心时局、无法平静的心情。

"衡阳雁去"是"雁去衡阳"的倒文。诗词中，鸿雁意象常用来寄托思乡之情，词人选用鸿雁入词，可见其内心对家乡深切的思念。雁是候鸟，每逢秋季，北雁南飞，相传至衡阳时"歇翅停回"，故衡阳又雅称"雁城"。词人用展翅南飞，毫"无留意"的鸿雁，象征戍边将士的盼归之心，十分形象。

"四面边声连角起。千嶂里，长烟落日孤城闭。"这几句描写了傍晚时分塞外战地的苍凉景象。雁鸣、马嘶、风吼、胡笳等多种边声与军中号角声交织在一起，更显战地浓重的苍凉氛围。崇山峻岭环绕着城门紧闭的延州，只见狼烟直冲天空，落日垂落天际。"长烟落日"四字，颇有唐代诗人王维"大漠孤烟直，长河落日圆"之神韵。"千嶂里"的宏阔意境与"孤城闭"的封闭环境形成鲜明对比，隐隐显现出战争形势的危急。

下阕由景转情，抒发思乡之情。此时范仲淹已年过半百，远离家乡、长期守边，故而用"浊酒一杯家万里"一句，把浓浓的思乡之情寄于杯酒之中。"一杯"之中，寄托着"万里"情思，既见对比又见夸张的手法，写出了作者心中无法消解的愁绪。乡愁已让人十分难耐，更让人无奈的是归期难测。

"燕然未勒归无计"，燕然是古山名，《后汉书·窦融传》有云："（窦宪）与北单于战于稽落山，大破之。虏众崩溃，单于遁走……宪、秉遂登燕然山，去塞三千余里，刻石勒功，纪汉威德。"范仲淹化用这一典故，是为了说明敌军未平、战争未胜，归乡之日遥遥无期。

"羌管悠悠霜满地"，塞外秋霜满地，凉寒肃杀；深夜里传来阵阵羌笛声，凄凄切切，令人心生苍凉。"人不寐"，实际上也是"人难寐"，词人之所以彻夜难眠，是因为他心中充满战乱悲情、思乡离情和报国激情。"将军白发征夫泪"一句是说：战争延年，忧国忧民的将军黑发渐白，思乡的镇边将士也流干了眼泪，把愁情之深写得极为感人。

宋代魏泰在《东轩笔录》中说："范文正公守边日，作《渔家傲》乐歌数阕，皆以'塞下秋来'为首句，颇述边镇之劳苦，欧阳公尝呼为穷塞主之词。"在范仲淹之前，唐五代及北宋初期词人均未用词这一形式反映边塞生活，范公开此先河，标志着北宋初期词风的嬗变，已隐约展露后世苏轼、辛弃疾的豪迈词之风。

如梦令

李清照

常记溪亭日暮，沉醉不知归路。兴尽晚回舟，误入藕花深处。争渡，争渡，惊起一滩鸥鹭。

迷神引

晁补之

黯黯青山红日暮，浩浩大江东注。余霞散绮，向烟波路。使人愁，长安远，在何处？几点渔灯小，迷近坞。一片客帆低，傍前浦。

暗想平生，自悔儒冠误。觉阮途穷，归心阻。断魂素月，一千里、伤平楚。怪竹枝歌，声声怨，为谁苦？猿鸟一时啼，惊岛屿。烛暗不成眠，听津鼓。

破阵子

李煜

四十年来家国①，三千里地山河。凤阁龙楼连霄汉②，玉树琼枝作烟萝③，几曾识干戈④！

一旦归为臣虏，沈腰潘鬓消磨⑤。最是仓皇辞庙日⑥，教坊犹奏别离歌⑦，垂泪对宫娥⑧。

【注释】

①四十年：南唐自建立至李煜作此词，为三十八年。此处四十年为概数。②凤阁：一作"凤阙"。凤阁龙楼指帝王的居所。霄汉：天河。③玉树琼枝：一作"琼枝玉树"，形容树的美好。烟萝：形容树枝叶繁茂，如同笼罩着雾气。④识干戈：经历战争。识，一作"惯"。干戈，武器，此处指代战争。⑤沈腰潘鬓：沈指沈约，曾有"革带常应移孔……以此推算，岂能支久"之语，后用沈腰指代人日渐消瘦。潘指潘岳，曾有诗云，"余春秋三十二，始见二毛"，后以潘鬓指代中年现白发。⑥辞：离开。庙：宗庙，古代帝王供奉祖先牌位的地方。⑦犹奏：一作"独奏"。⑧垂泪：一作"挥泪"。

苏幕遮

周邦彦

燎沉香，消溽暑。鸟雀呼晴，侵晓窥檐语。叶上初阳干宿雨。水面清圆，一一风荷举。

故乡遥，何日去？家住吴门，**久**作长安旅。五月渔郎相忆否？小楫轻舟，梦入芙蓉浦。

千秋岁

孔平仲

春风湖外，红杏花初褪。孤馆静，愁肠碎。泪余痕在枕，**别久**香销带。新睡起，小园戏蝶飞成对。

惆怅人谁会，随处聊倾盖。情暂遣，心何在。锦书消息断，玉漏花阴改，迟日暮，仙山杳杳空云海。

好事近

黄庭坚

歌罢酒阑时，潇洒座中风色。主礼到君须尽，奈宾朋南北。

暂时分散总寻常，难堪久离拆。不似建溪春草，解留连佳客。

圣无忧

欧阳修

相别重相遇。恰如一梦须臾。尊前今日欢娱事，放盏旋成虚。

莫惜斗量珠玉，随他雪白髭须。人间长久身难得，斗在不如吾。

鹊桥仙

秦观

纤云弄巧^①，飞星传恨，银汉迢迢暗度。金风玉露一相逢^②，便胜却人间无数。

柔情似水，佳期如梦，忍顾鹊桥归路。<u>两情若是**久**长时</u>，又岂在朝朝暮暮。

【注释】

①纤云弄巧：纤细的云彩变幻出许多美丽的花样来。②金风：秋风。玉露：晶莹如玉的露珠，指秋露。

【赏析】

这是一首歌咏牛郎织女爱情的词，为爱情词中的绝唱，同时也是秦观的代表作之一。

秋夜，云彩轻盈多姿，这全赖织女高超的技艺。但这样聪慧灵巧的女子却不能与自己的爱人长相厮守，这又是何等恨事。牛郎已经迫不及待要与爱人相会了，一个"飞"字传神地刻画出了他的这种心情。然而"迢迢"两字却见出银河之广阔。但词人宕开一笔，不再为两人的爱情叹息，而是翻腾起一阵欢乐的浪花，说他们这一年一度的相会，就抵得上人间千遍万遍的相会，足见他们的爱情是多么纯洁脱俗。

"柔情似水，佳期如梦"，绵绵情意如那悠悠的流水，美好的会见如梦一般迷离，如梦一般短暂。"忍顾鹊桥归路"，分离时两人是多么不舍呀，都不敢回头去看鹊桥归路，唯恐心碎。"两情若是久长时，又岂在朝朝暮暮"，最后一笔，空际转身，揭示了爱情的真谛：两人若是真心相爱，并不一定要形影不离、相伴朝朝暮暮。

"两情若是久长时，又岂在朝朝暮暮"，这两句是全词的画龙点睛之笔。从内容上讲，这两句仍承接上阕"金风玉露一相逢，便胜却人间无数"之意。不过从艺术效果上来看，上阕两句表现的是牛郎、织女爱情的纯洁无瑕和情人相会的场面，而下阕这两句则是相会结束后本应有些忧愁，却又显得平淡的回思，相比之下，语气更坚定、意义更深沉，议论气息也更浓。

词人之所以选取牛郎、织女的意象，还用这样两句词结尾，都是要表现他的爱情观：人间的许多情侣朝夕相伴，最后难免一别；牛郎、织女虽然不能朝暮相随，但他们的爱情反而能够天长地久。这样，抒情中就有了睿智的议论。飞星、银汉意象造成的巨大空间感和七夕神话传说带给人们的"久长"的时间感，都使词人笔下的理想爱情在无限深远的境界中得到了深化。

二郎神

柳永

　　炎光谢。过暮雨、芳尘轻洒。乍露冷风清庭户爽，天如水、玉钩遥挂。应是星娥嗟久阻，叙旧约、飚轮欲驾。极目处、微云暗度，耿耿银河高泻。

　　闲雅。须知此景，古今无价。运巧思穿针楼上女，抬粉面、云鬟相亚。钿合金钗私语处，算谁、回廊影下。愿天上人间，占得欢娱，年年今夜。

渔家傲

晏殊

　　荷叶荷花相间斗。红娇绿嫩新妆就。昨日小池疏雨后。铺锦绣。行人过去频回首。

　　倚遍朱阑凝望久。鸳鸯浴处波文皱。谁唤谢娘斟美酒。萦舞袖。当筵劝我千长寿。

飞花令里读宋词

红

钗头凤

陆游

红酥手①，黄縢酒②。满城春色宫墙柳；东风恶，欢情薄，一怀愁绪，几年离索，错，错，错！

春如旧，人空瘦。泪痕红浥鲛绡透③；桃花落，闲池阁，山盟虽在，锦书难托，莫，莫，莫！

【注释】

①红酥手：红润白嫩的双手。②黄縢酒：黄纸封坛的美酒。③浥：浸湿。鲛绡：丝帕。

【赏析】

陆游在沈园与前妻唐琬邂逅后，心中伤情难遏，题此词于沈园壁上，抒发了他对唐琬的深切思念，感情真挚动人。

词的上片追忆两人美满的爱情生活，并感叹自己被迫分离的痛苦。"红酥手，黄縢酒。满城春色宫墙柳"，回忆往昔与唐琬携手游春的美好情景。那时满城春色，杨柳依依，词人牵着妻子红润的酥手，把酒赏春。

"东风恶，欢情薄，一怀愁绪，几年离索，错，错，错"，写词人被迫与唐氏离异后的痛苦心情。美好的生活却如此短暂，很快两人便被那险恶的人情世风拆散。"东风"是一种象喻，比喻造成词人爱情悲剧的"恶"势力。邪恶的"东风"将美满姻缘拆散，使词人饱受思念的折磨。接下来，一连三个"错"将感情表达得极为沉痛。

词的下片，由感慨往事回到现实，进一步抒写自己对前妻的深切思念。"春如旧，人空瘦。泪痕红浥鲛绡透"，沈园重逢，唐琬已被分离的哀痛折磨得面容憔悴、身形消瘦了。

"桃花落，闲池阁，山盟虽在，锦书难托，莫，莫，莫"，写词人与唐氏相遇以后的痛苦心情。桃花凋谢，园林冷落，这凄清之景其实是词人内心的写照。他自己的心境，也如同那"闲池阁"一样凄清冷落。

接着，词人又转入直接赋情："山盟虽在，锦书难托"，虽然自己心坚定如磐石，痴心未改，但是，这样一片赤诚的心意却又不能向爱人诉说。既然这样不如快刀斩乱麻，将这情思斩断。

陆游《钗头凤》一词被评为"无一字不天成"，《钗头凤》一词亦有这个特点，盖因这两篇作品出于自己的经历，故而情感自然流露毫不矫饰，才能千百年来广为流传。

念奴娇

姜夔

余客武陵，湖北宪治在焉。古城野水，乔木参天。余与二三友日荡舟其间，薄荷花而饮。意象幽闲，不类人境。秋水且涸，荷叶出地寻丈。因列坐其下，上不见日，清风徐来，绿云自动。间于疏处窥见游人画船，亦一乐也。揭来吴兴，数得相羊荷花中。又夜泛西湖，光景奇绝。故以此句写之。

闹**红**一舸[①]，记来时尝与鸳鸯为侣。三十六陂人未到[②]，水佩风裳无数[③]。翠叶吹凉，玉容销酒，更洒菰蒲雨。嫣然摇动，冷香飞上诗句。

日暮青盖亭亭，情人不见，争忍凌波去[④]？只恐舞衣寒易落，愁入西风南浦。高柳垂阴，老鱼吹浪，留我花间住。田田多少，几回沙际归路。

【注释】

①舸：大船，也泛指船。②陂：池塘。③水佩风裳：本指美人妆饰，这里代指荷叶荷花。④争：怎么，如何。

水龙吟

程垓

夜来风雨匆匆，故园定是花无几。愁多怨极，等闲孤负①，一年芳意。柳困花慵，杏青梅小，对人容易。算好春长在②，好花长见，元只是、人憔悴③。

回首池南旧事④，恨星星、不堪重记⑤。如今但有，看花老眼，伤时清泪。不怕逢花瘦，只愁怕、老来风味。待繁红乱处，留云借月⑥，也须拼醉。

【注释】

①等闲：轻易、随意。孤负：即辜负。②算：料想。③元：同"原"，原来的意思。④池南：苏轼《西太一见王荆公旧诗偶次其韵二首》其一，诗曰："从此归耕剑外，何人送我池南。"此处系泛指故园某地。⑤星星：鬓发花白貌。左思《白发赋》："星星白发，生于鬓垂。"⑥留云借月：朱敦儒《鹧鸪天》："我是清都山水郎，天教懒慢带疏狂。曾批给露支风敕，累上留云借月章。"此处意为留住大好时光。

蝶恋花

苏轼

花褪残红青杏小，燕子飞时，绿水人家绕。枝上柳绵吹又少①，天涯何处无芳草！

墙里秋千墙外道，墙外行人，墙里佳人笑。笑渐不闻声渐悄，多情却被无情恼。

【注释】

① 柳绵：柳絮。

如梦令

李清照

昨夜雨疏风骤，浓睡不消残酒①。试问卷帘人②，却道海棠依旧。知否？知否？应是绿肥红瘦。

【注释】

① 浓睡：指酒后酣睡。② 卷帘人：指侍女。

兰陵王

张元干

卷珠箔①，朝雨轻阴乍阁②。阑干外、烟柳弄晴，**芳草侵阶映红**药。东风妒花恶。吹落梢头嫩萼。屏山掩、沉水倦熏，中酒心情怕杯勺。

寻思旧京洛③。正年少疏狂④，歌笑迷著。障泥油壁催梳掠⑤。曾驰道同载⑥，上林携手⑦，灯夜初过早共约，又争信飘泊？

寂寞，念行乐。甚粉淡衣襟，音断弦索，琼枝璧月春如昨。怅别后华表，那回双鹤。相思除是，向醉里、暂忘却。

【注释】

①箔：竹帘。②阁：同"搁"，停止。③旧京洛：指北宋汴京、洛阳。④疏狂：豪放，不受拘束。⑤障泥：挂在马腹两边，用来遮挡尘土的马具。这里指代马。油壁：用油漆涂饰车壁的华丽车辆。⑥驰道：秦代专供帝王行驶车马的道路。这里指京城的大道。⑦上林：秦、汉时苑名，专供帝王游玩、打猎的场所，这里泛指京都园林。

南柯子

王炎

山冥云阴重①，天寒雨意浓。数枝幽艳湿啼红②。莫为惜花惆怅，对东风。

蓑笠朝朝出，沟塍处处通③。人间辛苦是三农④。要得一犁水足，望年丰⑤。

【注释】

①山冥：山色昏暗无光。云阴：阴云密布。②幽艳：娇美的花朵。啼红：花朵上的水汽凝聚成水珠，就像沁出了眼泪。③沟塍：田埂。④三农：指春耕、春种、秋收。⑤年丰：丰收的年成。

芳

帝台春

李甲

芳草碧色，萋萋遍南陌。暖絮乱红，也知人春愁无力。忆得盈盈拾翠侣①，共携赏、凤城寒食②。到今来，海角逢春，天涯为客。

愁旋释，还似织；泪暗拭，又偷滴。谩伫立、遍倚危阑，尽黄昏，也只是暮云凝碧。拼则而今已拼了，忘则怎生便忘得。又还问鳞鸿③，试重寻消息。

【注释】

①盈盈拾翠侣：美好的游春伴侣。盈盈，美好的样子，多指人的风姿仪态。拾翠，指拾取翠鸟的羽毛作为首饰，后指妇女春日嬉游的景象。②凤城：旧时京都的别称，此处指开封。③鳞鸿：鱼雁。古有雁足寄信、鱼腹传书之说，常借鱼雁以代书信。

蓦山溪

曹组

洗妆真态^①，不作铅华御^②。竹外一枝斜，想佳人、天寒日暮。黄昏小院，无处著清香。风细细，雪垂垂，何况江头路。

月边疏影，梦到销魂处。结子欲黄时，又须著、廉纤细雨^③。孤芳一世，供断有情愁^④。消瘦损，东阳也^⑤，试问花知否？

【注释】

①洗妆真态：洗净脂粉，露出真实的姿容。②铅华：用来化妆的铅粉。③廉纤：纤细，细微。④供断：供尽，即无尽地提供。⑤东阳：此指南朝梁沈约，他曾担任东阳太守。

木兰花

钱惟演

城上风光莺语乱，城下烟波春拍岸。绿杨芳草几时休？泪眼愁肠先已断。

情怀渐觉成衰晚，鸾镜朱颜惊暗换。昔年多病厌芳尊，今日芳尊惟恐浅。

卜算子

陆游

驿外断桥边①，寂寞开无主②。已是黄昏独自愁，更著风和雨③。

无意苦争春④，一任群芳妒⑤。零落成泥碾作尘⑥，只有香如故。

【注释】

①驿：驿站，古代传递公文的人中途换马匹休息、住宿的地方。②无主：无人过问。③更著：又遭受。著，接触。④苦：尽力，竭力。⑤一任：任凭。群芳：指百花。⑥零落：凋谢。碾：轧碎。

飞花令里读宋词

【赏析】

梅花为"岁寒三友"之一，因其寒冬时节仍能保持顽强的生命力，在中国传统文化中常被用来象征高洁的人格、坚贞的品质。陆游以"咏梅"为题，实是借梅花自喻，与周敦颐以"出淤泥而不染，濯清涟而不妖"的莲花形象自喻乃是同旨。

"驿外断桥边，寂寞开无主。"开篇便点明词人所咏之梅并非身处名园，而是开于驿所外，断桥旁。"驿"即驿站，是长途跋涉者休息住宿的地方，所以往来皆是过客。梅花开于此处，加重了"开无主"的"寂寞"。这株梅花得不到主人的悉心照料，只遵循自然规律，年复一年荣枯交替，即便是在盛放的时候，也无人欣赏，只等寂寞凋谢。这两句中所述梅花的境况已然足够凄惨：不受关注，独自病老。以上状态与词人自身的遭遇十分相似，所以本词表面写梅，实是自况。

"已是黄昏独自愁，更著风和雨。"于荒郊野岭之地，日暮时分，寒夜即将来临，这株梅花本已十分愁苦，偏又遭遇风雨，正应"屋漏偏逢连夜雨"的俗语。春雨极寒，若再被风裹挟，简直冰凉刺骨，此处极写梅花所受的摧残。"更"字有递进之意。

上阕写梅花的处境遭遇，实是词人痛陈自己不得志的现实遭际，其孤苦、凄惨，与梅花别无二致。下阕将梅花拟人化，着重描写梅花的可贵精神，升华并赞颂梅花的高洁自守、坚贞傲岸。

"无意苦争春，一任群芳妒。"梅花开放的时节，冰雪尚未消融，唐人张谓《早梅》有"不知近水花先发，疑是经冬雪未销"，可见梅花凌寒而发的情状。而"群芳"皆是春暖才放，争奇斗艳。与"群芳"相比，梅花显得不入流，特立独行。词人将其人格化，用梅花之口申明自己根本就不是为了"争春"才开放的，至于"群芳"的妒忌，也只好由它们去了。这两句生动轻巧，内涵却丰富，似乎摆出了处世的态度，引人深思。另外，言外或许还包含词人对自己曾因言获罪一事的辩驳。

"零落成泥碾作尘"与上文的"风雨"相承，继续描述梅花的悲惨命运，它们敌不过凄风苦雨的一再摧残，最终零落满地，而且被吹到驿道上，经马踏车碾，与泥水和在一处。无论从词义还是观感上，这样的结果都是不幸的。但词人以"只有香如故"一句力挽狂澜，振奋人心，说唯有它们的香气才会依旧。尾句不仅将梅花的孤高形象升华，还为其悲惨遭遇增添了壮丽的色彩。词人更像在阐明自己的心志：无论此生遭际如何坎坷，结局多么落寞，但贵在精神不死，人格永恒。

这首词写梅花，又是词人用梅花意象自喻，梅花的意象恰恰是词人形象的真实写照。故本作以咏叹为主，状物次之。陆游对梅花的描绘十分传神，使这篇佳作也如梅花的淡香，于千年词史中缭绕，挥散不去。

集贤宾

柳永

小楼深巷狂游遍，罗绮成丛。就中堪人属意①，最是虫虫。有画难描雅态，无花可比**芳**容。几回饮散良宵永，鸳衾暖、凤枕香浓。算得人间天上，惟有两心同。

近来云雨忽西东。诮恼损情悰②。纵然偷期暗会，长是匆匆。争似和鸣偕老，免教敛翠啼红。眼前时、暂疏欢宴，盟言在、更莫忡忡③。待作真个宅院，方信有初终。

【注释】

①属意：倾心。②悰：欢乐。③忡忡：忧虑不安。

卖花声

张舜民

木叶下君山，空水漫漫。<u>十分斟酒敛**芳**颜</u>。不是渭城西去客，休唱《阳关》。

醉袖抚危阑，天淡云闲。何人此路得生还？回首夕阳红尽处，应是长安。

江神子

赵长卿

<u>小溪清浅照孤**芳**</u>。蕊珠娘。暗传香。春染粉容，清丽傅宫妆。金缕翠蝉曾记得，花密密、过雕墙。

而今冷落水云乡。念平康。转情伤。梦断巫云，空恨楚襄王。冰雪肌肤消瘦损，愁满地、对斜阳。

绿

长命女

冯延巳

　　春日宴，**绿酒一杯歌一遍**①。再拜陈三愿②：
一愿郎君千岁，二愿妾身长健，三愿如同梁
上燕，岁岁长相见。

【注释】

　　①绿酒：新酿的米酒。未经过滤的新酒，上面
浮有绿色的泡沫，故称。②陈：陈述。

【赏析】

　　这是一首祝酒词。词人以女子的口吻说出她
的三个愿望，语言通俗，几近口语，感情率真质
朴，充满了浓郁的民歌情调。

　　上片写春日宴会中女子的表现：她先饮下一
杯酒，接着唱词，再拜，最后陈述了三个愿望。

　　下片是三个愿望的内容。第一个愿望是祝愿
郎君的，希望他能长寿；第二个愿望是对自己而
发的，祝愿自己永远健康；第三个愿望则是对他
们二人的祝愿，愿二人如同梁上的燕子，能长相
厮守。

飞花令里读宋词

由这最后一个愿望我们可以看出这一对恋人并非夫妻：燕子是候鸟，秋去春来，年年相见。以燕子自喻，说明他们只能定期相见，并不能时时刻刻相守一处。此女子有可能是青楼女子或男子的外室。

这首小词言虽浅近，却又含蓄，颇值得玩味。

满庭芳

周邦彦

风老莺雏，雨肥梅子，午阴嘉树清圆。地卑山近，衣润费炉烟。人静乌鸢自乐，小桥外、新**绿溅溅**。凭栏久，黄芦苦竹，疑泛九江船。

年年，如社燕[①]，飘流瀚海，来寄修椽[②]。且莫思身外，长近尊前。憔悴江南倦客，不堪听、急管繁弦。歌筵畔，先安簟枕，容我醉时眠。

【注释】

①社燕：春来秋去的燕子。②修椽：支撑屋顶的木头。

摊破浣溪沙

李璟

手卷珠帘上玉钩，依前春恨锁重楼。风里落花谁是主？思悠悠。

青鸟不传云外信^①，丁香空结雨中愁。<u>回首绿波三楚暮</u>，接天流。

【注释】

① 青鸟：相传是西王母的使者。

疏影

姜夔

苔枝缀玉，有翠禽小小，枝上同宿。客里相逢，篱角黄昏，无言自倚修竹。昭君不惯胡沙远，但暗忆、江南江北。想佩环、月夜归来，化作此花幽独。

犹记深宫旧事，那人正睡里，<u>飞近蛾绿</u>。莫似春风，不管盈盈，早与安排金屋。还教一片随波去，又却怨、玉龙哀曲。等恁时，重觅幽香，已入小窗横幅。

西江月

苏轼

照野弥弥浅浪^①，横空隐隐层霄。障泥未解玉骢骄^②，我欲醉眠芳草。

可惜一溪风月，莫教踏碎琼瑶^③。解鞍欹枕绿杨桥，杜宇一声春晓。

【注释】

① 弥弥：水翻滚的样子。② 障泥：马鞯。垫在马鞍下，垂至马腹，用来挡泥土。③ 琼瑶：美玉。

蝶恋花

赵鼎

尽日东风吹绿树。向晚轻寒，数点催花雨。年少凄凉天付与，更堪春思萦离绪！

临水高楼携酒处。曾倚哀弦，歌断黄金缕。楼下水流何处去，凭栏目送苍烟暮。

桂枝香

王安石

　　登临送目，正故国晚秋①，天气初肃。千里澄江似练，翠峰如簇②。征帆去棹残阳里，背西风，酒旗斜矗。彩舟云淡，星河鹭起③，画图难足。

　　念往昔，繁华竞逐，叹门外楼头，悲恨相续。千古凭高对此，漫嗟荣辱。六朝旧事随流水，<u>但寒烟衰草凝**绿**</u>。至今商女④，时时犹唱，《后庭》遗曲。

【注释】

　　①故国：旧时的都城，指金陵。②如簇：这里指群峰好像丛聚在一起。簇，丛聚。③星河：银河，这里指长江。④商女：歌女。

柳

兰陵王

周邦彦

柳阴直，烟里丝丝弄碧。隋堤上、曾见几番①，拂水飘绵送行色。登临望故国②，谁识京华倦客？长亭路，年去年来，应折柔条过千尺③。

闲寻旧踪迹，又酒趁哀弦，灯照离席。梨花榆火催寒食④。愁一箭风快，半篙波暖，回头迢递便数驿⑤。望人在天北。

凄恻，恨堆积！渐别浦萦回⑥，津堠岑寂⑦。斜阳冉冉春无极。念月榭携手⑧，露桥闻笛⑨。沉思前事，似梦里，泪暗滴。

【注释】

①隋堤：汴京附近的汴河之堤，隋炀帝时所建，故称。是北宋时来往京城的必经之路。②故国：这里指故乡。③柔条：柳枝。④榆火：唐代制度，清明时皇帝取榆柳之火赐给近臣。⑤迢递：遥远。⑥别浦：这里指送别的水边。⑦津堠：渡口守望的高台。岑寂：清冷寂寥。⑧月榭：月光遍照的亭榭。⑨露桥：凝结露水的小桥。

飞花令里读宋词

【赏析】

　　周邦彦素来喜爱以低沉伤感的格调叙写飘零的主题。《兰陵王》是周邦彦自创的新声，借咏柳以抒发离别之情。整首词分为三阕，极尽婉转曲折，先写柳荫的景致，再写别时意绪，最后引发无尽的离恨。

　　这首《兰陵王》很能代表词人慢词的风格，历来为后代评论家所激赏。陈廷焯《白雨斋词话》盛赞此篇，说："美成词极其感慨，而无处不郁，令人不能遽窥其旨。如《兰陵王·柳》云：'登临望故国，谁识京华倦客'二语，是一篇之主。上有'隋堤上、曾见几番，拂水飘绵送行色'之句，暗伏'倦客'之根，是其法密处。故下接云：'长亭路，年去年来，应折柔条过千尺。'久客淹留之感，和盘托出。他手至此，以下便直抒愤懑矣，美成则不然。'闲寻旧踪迹'二叠，无一语不吞吐。只就眼前景物，约略点缀，更不写淹留之故，却无处非淹留之苦。直至收笔云：'沉思前事，似梦里，泪暗滴。'遥遥挽合。妙在才欲说破，便自咽住，其味正自无穷。"

眼儿媚

王雱

杨**柳**丝丝弄轻柔，烟缕织成愁。海棠未雨，梨花先雪，一半春休。

而今往事难重省①，归梦绕秦楼②。相思只在，丁香枝上，豆蔻梢头。

【注释】

①省：明白。②秦楼：秦穆公为其女弄玉所建之楼，此处指词人妻子的居处。

生查子

欧阳修

去年元夜时，花市灯如昼。**月上柳**梢头，人约黄昏后。

今年元夜时，月与灯依旧。不见去年人，泪湿春衫袖。

飞花令里读宋词

临江仙

徐昌图

饮散离亭西去，浮生长恨飘蓬。回头烟柳渐重重。淡云孤雁远，寒日暮天红。

今夜画船何处？潮平淮月朦胧。酒醒人静奈愁浓。残灯孤枕梦，轻浪五更风。

眉抚

王沂孙

渐新痕悬柳，淡彩穿花，依约破初暝。便有团圆意，深深拜，相逢谁在香径。画眉未稳。料素娥、犹带离恨。最堪爱、一曲银钩小，宝帘挂秋冷。

千古盈亏休问。叹慢磨玉斧，难补金镜。太液池犹在，凄凉处、何人重赋清景。故山夜永。试待他、窥户端正。看云外山河，还老尽，桂花影。

鹊踏枝

冯延巳

几日行云何处去？忘了归来，不道春将暮。百草千花寒食路^①，香车系在谁家树？

泪眼倚楼频独语，双燕来时，陌上相逢否^②？撩乱春愁如**柳絮**，悠悠梦里无寻处。

【注释】

①"百草千花"句：指浪子在寒食前后于青楼妓馆冶游。②陌：泛指道路。

秋蕊香

张耒

帘幕疏疏风透^①，一线香飘金兽^②。朱栏倚遍黄昏后，廊上月华如昼。

别离滋味浓于酒，著人瘦。此情不及墙东**柳**，春色年年依旧。

【注释】

①疏疏：稀疏之意。②金兽：兽形的铜香炉。

山

卜算子

王观

水是眼波横，**山**是眉峰聚。欲问行人去那边？眉眼盈盈处①。

才始送春归，又送君归去。若到江南赶上春，千万和春住。

【注释】

① 盈盈：美好的样子。

长相思

林逋

吴**山**青，越山青，两岸青山相送迎。谁知离别情？

君泪盈，妾泪盈，罗带同心结未成①。江头潮已平。

【注释】

①"罗带"句：古时女子常将罗带打成心形的结，送给自己的爱人以示永不分离之愿，此句是说同心结未打成，爱人就要离去了。

浣溪沙

晏殊

一向年光有限身，等闲离别易销魂①。酒筵歌席莫辞频②。

满目山河空念远，落花风雨更伤春。不如怜取眼前人。

【注释】

①等闲：轻易。销魂：形容伤感到极点，如同魂魄离散。②莫辞频：意为不要频频推辞。

【赏析】

晏殊一生仕途顺达，衣食无忧，其词作多表达人生苦短的愁情，含有淡淡的哀伤。这是他在一次宴会上的即兴之作，在描绘宴会之欢的同时，也把自己对人生的独特感悟和认知蕴含其中。

上阕主要描写宴会场景。"一向年光有限身，等闲离别易销魂。"这两句将词人的苦闷完全展现出来。时光匆匆、人生苦短，即使是一次平常的离别，也会让人十分哀伤。词人深知自己的抑郁难过也无法阻断离别，在他短暂的一生中，这种"等闲"的离别可能会发生几十次、几百次。词人因而发出了"酒筵歌席莫辞频"的感叹，用频繁的痛饮、欢宴来舒缓离别的痛苦，以求得到心灵的慰藉。由此可见及时行乐的人生态度。

前半阕笔意回曲，先言年光易尽而此身有限，嗟叹自己不过是光阴中的过客，每至别离之际，不禁黯然销魂，随后又说销魂也无济于事，倒不如歌筵频醉，借酒浇愁，三句中无一平笔，恰如崖上瀑布三折而下。

"满目山河空念远"，下阕开篇，词人想象着自己登高望远，辽阔的山河尽收眼底。一个"空"字，说明世事变迁绝不会因个人的意志而改变，一切思量只是徒劳无功。在此情此景之中，他又看到美丽的花朵被风雨摧残至凋落，更加深了他的伤感，故而发出"落花风雨更伤春"之语。其中"伤"字，既状花之败、春之殇，也写出了词人心中的隐痛。

词人知道自己无力改变残酷的现实，只能"怜取眼前人"。"不如"二字，说明这是一种比较后得出的选择，有迫于无奈的意思。当然，词人劝诫人们去"怜取"的，当然不是指眼前一人，而是当前所拥有的、能把握住的一切。

下阕"念远"句承上"离别"而来，"伤春"句承上"年光"而言，意象虽宕开至更为宏阔的"山河""风雨"之中，词情却仍在"怜取眼前人"的主旨中徘徊不去，一首小令显示出"欲开仍合"的结构，具长调的章法。

安公子

柳永

远岸收残雨，雨残稍觉江天暮。拾翠汀洲人寂静，立双双鸥鹭。望几点，渔灯隐映蒹葭浦。停画桡，两两舟人语。道去程今夜，遥指前村烟树。

游宦成羁旅，短樯吟倚闲凝伫。万水千山迷远近，想乡关何处？自别后，风亭月榭孤欢聚。刚断肠，惹得离情苦。听杜宇声声，劝人不如归去。

江城子

谢逸

杏花村馆酒旗风。水溶溶，飏残红。野渡舟横，杨柳绿阴浓。望断江南山色远，人不见，草连空。

夕阳楼外晚烟笼。粉香融，淡眉峰。记得年时，相见画屏中。只有关山今夜月，千里外，素光同。

虞美人

李廌

玉阑干外清江浦，渺渺天涯雨。好风如扇雨如帘，时见岸花汀草涨痕添。

青林枕上关山路，卧想乘鸾处。碧芜千里思悠悠，惟有霎时凉梦到南州。

踏莎行

秦观

雾失楼台，月迷津渡，桃源望断无寻处[1]。可堪孤馆闭春寒[2]，杜鹃声里斜阳暮。

驿寄梅花，鱼传尺素，砌成此恨无重数。郴江幸自绕郴山，为谁流下潇湘去。

【注释】

①桃源：陶渊明《桃花源记》中所描绘的世外桃源。②可堪：哪堪。

飞花令里读宋词

荷叶杯

韦庄

记得那年花下，深夜，初识谢娘时。**水堂西面画帘垂**，携手暗相期①。

惆怅晓莺残月，相别，从此隔音尘②。如今俱是异乡人，相见更无因③。

【注释】

①暗相期：偷偷约会。暗，暗地里。②音尘：音讯。③无因：没有机会。因，机会。

青玉案

黄庭坚

烟中一线来时路。极目送、归鸿去。第四阳关云不度。山胡新啭，子规言语。正在人愁处。

忧能损性休朝暮。忆我当年醉时句。**渡水穿云心已许**。暮年光景，小轩南浦。同卷西山雨。

石州引

贺铸

　　薄雨收寒，斜照弄晴，春意空阔。长亭柳色才黄，远客一枝先折。烟横水际，映带几点归鸿，东风销尽龙沙雪^①。还记出关来，恰而今时节。

　　将发。画楼芳酒，红泪清歌，顿成轻别。回首经年，杳杳音尘都绝。欲知方寸^②，共有几许清愁？芭蕉不展丁香结^③。枉望断天涯，两厌厌风月^④。

【注释】

　　①龙沙：指塞外。②方寸：指心。③丁香结：丁香的花蕾。古人常以丁香结比喻愁思凝结的状态。④厌厌：精神不振的样子。

永遇乐

苏轼

彭城夜宿燕子楼①，梦盼盼，因作此词。

明月如霜，**好风如水**，清景无限。曲港跳鱼，圆荷泻露，寂寞无人见。纮如三鼓②，铿然一叶③，黯黯梦云惊断④。夜茫茫，重寻无处，觉来小园行遍。

天涯倦客，山中归路，望断故园心眼⑤。燕子楼空，佳人何在？空锁楼中燕。古今如梦，何曾梦觉，但有旧欢新怨。异时对，黄楼夜景⑥，为余浩叹。

【注释】

①彭城：今江苏徐州。燕子楼：唐朝时徐州尚书张建封为其爱妾盼盼在宅邸所筑的小楼。②纮如：击鼓声。③铿然：形容清越的声响。④梦云：典出宋玉《高唐赋》楚王梦见神女自云："朝为行云，暮为行雨。"云，这里比喻盼盼。惊断：惊醒。⑤心眼：心愿。⑥黄楼：徐州东门上的大楼，是苏轼担任徐州知州期间所建造。

忆江南

温庭筠

梳洗罢，独倚望江楼。过尽千帆皆不是，斜晖脉脉水悠悠①。肠断白蘋洲②。

【注释】

①斜晖：西下的阳光。脉脉：含情凝视、情意绵绵的样子。这里形容阳光微弱。②白蘋洲：开满白色蘋花的水中小块陆地。古代诗词中常用以代指分别的地方。白蘋，一种水中浮草。

【赏析】

这首词写的是思妇登楼盼望夫君归来，而希望却落空了。

女子自清晨梳洗完毕便倚楼眺望直到夕阳西下，看千帆过尽，独不见游子的归船，心中满是伤感与失望。"斜晖脉脉水悠悠"，不但写景，同时也是写倚楼人的情脉脉、思悠悠。"白蘋"往往是表达男女思慕之情的象征，而"肠断白蘋洲"的戛然而止，语简、情深，直接有力，余味不尽。

长相思

李煜

一重山，两重山，山远天高烟**水**寒，相思枫叶丹。

菊花开，菊花残，塞雁高飞人未还，一帘风月闲。

清平乐

晏殊

红笺小字①，说尽平生意。鸿雁在云鱼在水②，惆怅此情难寄。

斜阳独倚西楼，遥山恰对帘钩。人面不知何处，绿波依旧东流。

【注释】

①红笺：一种精美的红色信纸，多指情书。

②"鸿雁"句：古人认为鱼雁都能传递书信。

飞花令里读宋词

草

霜天晓角

黄机

寒江夜宿，长啸江之曲。水底鱼龙惊动，风
卷地、浪翻屋。

诗情吟未足，酒兴断还续。<u>草</u>草兴亡休问，
功名泪、欲盈掬。

水调歌头

黄庭坚

<u>瑶草</u>一何碧①！春入武陵溪。溪上桃花无
数，花上有黄鹂。我欲穿花寻路，直入白云深
处，浩气展虹霓。只恐花深里，红露湿人衣。

坐玉石，欹玉枕，拂金徽②。谪仙何处③？
无人伴我白螺杯。我为灵芝仙草，不为朱唇丹
脸，长啸亦何为？醉舞下山去，明月逐人归。

【注释】

①瑶草：仙草。②金徽：琴上系琴弦之绳，此
处借指琴。③谪仙：贺知章曾称李白为谪仙人。

永遇乐

辛弃疾

千古江山，英雄无觅孙仲谋处①。舞榭歌台，风流总被，雨打风吹去。斜阳草树，寻常巷陌。人道寄奴曾住②。想当年，金戈铁马，气吞万里如虎③。

元嘉草草，封狼居胥，赢得仓皇北顾④。四十三年⑤，望中犹记，烽火扬州路。可堪回首，佛狸祠下⑥，一片神鸦社鼓⑦。凭谁问：廉颇老矣，尚能饭否⑧？

【注释】

①孙仲谋：三国时的吴王孙权，字仲谋，曾建都京口。②寄奴：南朝宋武帝刘裕小名。刘裕，字德舆，小名寄奴，先祖是彭城人（今江苏徐州市），后来迁居到京口（江苏镇江市）。南北朝时期宋朝的建立者，史称宋武帝。中国历史上杰出的政治家、军事家、统帅。③"想当年"三句：刘裕曾两次领晋军北伐，收复洛阳、长安等地。④"元嘉草草"三句：元嘉是刘裕子宋文帝刘义隆年号。草草，轻率。刘义隆好大喜功，仓促北伐，反而让北魏主拓

跋焘抓住机会，骑兵南下，直抵长江北岸而返，遭到对手的重创。封狼居胥，公元前119年，霍去病远征匈奴，歼敌七万余，封狼居胥山而还。狼居胥山，在今蒙古国境内。词中用"元嘉北伐"失利事，影射南宋"隆兴北伐"。⑤四十三年：作者于1162年南归，到写该词时正好为四十三年。⑥佛狸祠：北魏太武帝拓跋焘小名佛狸。450年，他曾反击刘宋，两个月的时间里，兵锋南下，五路远征军分道并进，从黄河北岸一路插到长江北岸。在长江北岸瓜步山建立行宫，即后来的佛狸祠。⑦神鸦：指在庙里吃祭品的乌鸦。社鼓：祭祀时的鼓声。⑧廉颇：战国时赵国名将。《史记·廉颇蔺相如列传》记载，廉颇被免职后，跑到魏国，赵王想再用他，派人去看他的身体情况，廉颇之仇人郭开贿赂使者，使者看到廉颇，廉颇为之米饭一斗，肉十斤，披甲上马，以示尚可用。使者回来报告赵王说："廉颇将军虽老，尚善饭，然与臣坐，顷之三遗矢（通假字，即屎）矣。"赵王以为廉颇已老，遂不用。

【赏析】

这首词写于宋宁宗开禧元年（1205年），辛弃疾时年六十六岁。辛弃疾六十四岁那年被起用为浙东安抚使，起用他的是当时的执政者韩侂胄。当时金政权已经有衰落之势，韩侂胄想立伐金大功，以巩固自己的地位，正积极筹划北伐。不久，辛弃疾又受命担任镇江知府，戍守江防要地京口（今江苏镇江）。辛弃疾到任后，努力为北伐做准备，他对宋宁宗和韩侂胄提了不少意见，却没被采纳。一次，他登上京口北固亭，抚今追昔，写下了这篇千古传诵的杰作。

词的上片缅怀古人，借鉴历史。词人登上京口北固亭，首先想到的就是三国时期的孙权，接着又想到率领大军北伐的南朝宋武帝刘裕。孙权、刘裕，此二人当年何等威猛，率领大军驰骋沙场，气吞山河。但如今孙仲谋已经无处可寻，刘裕率兵征战之地也变成了寻常巷陌，可以说英雄的业绩已经无存了。上片中我们虽能听出为英雄不再叹息，但词人借古人之事，隐约又表达了自己进取抗金、收复中原的雄心。

词的下片抒发感慨。词人先用典故影射现实，尖锐地提出宋文帝草草北伐以致失败的历史教训，以劝诫统治者伐金必须做好军事准备。接着追思往事，恨自己英雄无用武之地。"佛狸祠下"二句又转到眼前现实，表明自己的隐忧，他害怕若不早早收复中原，江北之民将忘记自己是宋室子民，安于金人的统治。最后词人以廉颇之事作结，表明自己不服老，仍希望为国效力的雄心。

但是朝廷软弱无能，自己空有一腔热情，却无法施展，一句"凭谁问"写出了作者此时壮志难酬老而无为的悲愤。

辛词多用典，此间却没有出现生硬的现象，反而增添了词作的说服力和感染力，熔裁有方，浑然一体。词中既包含了辛弃疾抗敌复国的宏伟大志，也表达了他对恢复大业的深切担忧和为国效力的忠心，可谓怀古、忧世、抒志三者兼具。

八六子

秦观

倚危亭^①，恨如芳**草**，萋萋划尽还生^②。念柳外青骢别后，水边红袂分时^③，怆然暗惊。

无端天与娉婷，夜月一帘幽梦，春风十里柔情。怎奈向、欢娱渐随流水，素弦声断^④，翠绡香减^⑤，那堪片片飞花弄晚，蒙蒙残雨笼晴。正销凝^⑥，黄鹂又啼数声。

【注释】

①危亭：高耸的亭子。②划：铲除。③红袂：红袖。④素弦：琴弦。⑤翠绡：绿色的丝巾。⑥销凝：因伤感而凝神。

清平乐

辛弃疾

茅檐低小^①，溪上青青**草**。醉里吴音相媚好^②，白发谁家翁媪^③。

大儿锄豆溪东^④，中儿正织鸡笼。最喜小儿无赖^⑤，溪头卧剥莲蓬^⑥。

【注释】

①茅檐：茅屋的屋檐。②吴音：作者当时住在江西东部的上饶，这一带古时是吴国的领土，所以称这一带的方言为吴音。相媚好：这里指使自己感到亲切。③翁媪：老头、老太太。泛指老人。④锄豆：锄掉豆田里的草。⑤无赖：这里的意思是指顽皮、淘气。⑥卧：趴。

青门饮

时彦

胡马嘶风，汉旗翻雪①，彤云又吐，一竿残照。古木连空，乱山无数，行尽暮沙衰草。星斗横幽馆，夜无眠、灯花空老。雾浓香鸭②，冰凝泪烛，霜天难晓。

长记小妆才了③。一杯未尽，离怀多少。醉里秋波，梦中朝雨，都是醒时烦恼。料有牵情处，忍思量、耳边曾道。甚时跃马归来，认得迎门轻笑。

【注释】

①汉旗：指宋朝的旗帜。②香鸭：古时熏香用的铜质器具，形状如鸭，故名。③小妆：稍作打扮。

高阳台

王沂孙

残雪庭阴，轻寒帘影，霏霏玉管春葭①。小帖金泥②，不知春在谁家。相思一夜窗前梦，奈个人、水隔天遮③。但凄然、满树幽香，满地横斜。

江南自是离愁苦，况游骢古道④，归雁平沙。怎得银笺，殷勤与说年华。如今处处生芳草，纵凭高、不见天涯。更消他，几度东风，几度飞花。

【注释】

①葭：芦苇，这里指芦灰。②小帖金泥：贴了泥金纸书写的帖子，宋代立春日宫中命大臣撰写殿阁的宜春帖子词，士大夫间也书写，字用的是金泥。③水隔天遮：喻两人相隔之远。④游骢：指旅途中的马。

飞花令里读宋词

木

风流子

张耒

木叶亭皋下①，重阳近，又是捣衣秋②。奈愁入庾肠③，老侵潘鬓④，谩簪黄菊⑤，花也应羞。楚天晚，白苹烟尽处，红蓼水边头。芳草有情，夕阳无语，雁横南浦，人倚西楼。

玉容知安否？香笺共锦字，两处悠悠。空恨碧云离合，青鸟沉浮。向风前懊恼，芳心一点，寸眉两叶，禁甚闲愁？情到不堪言处，分付东流。

【注释】

①亭皋：水边的平地。亭，平。②捣衣：古代妇女深秋时在砧石上捶打衣服，准备寄给远方的亲人过冬。③庾肠：庾信的愁肠。庾信是南朝时梁朝的官员，后来出使西魏被留，所以常常思念家乡。后人常以"庾愁"代指思乡之心。④潘鬓：即潘岳的斑鬓。潘岳为西晋文学家，貌美而早衰。后人以"潘鬓"指代中年鬓发斑白。⑤谩：轻慢。

渔家傲

程垓

独**木**小舟烟雨湿。燕儿乱点春江碧。江上青山随意觅。人寂寂，落花芳草催寒食。

昨夜青楼今日客，吹愁不得东风力。细拾残红书怨泣。流水急，不知那个传消息。

梅花引

蒋捷

白鸥问我泊孤舟，是身留，是心留①？心若留时，何事锁眉头？风拍小帘灯晕舞，对闲影，冷清清，忆旧游。

旧游旧游今在否？花外楼，柳下舟。梦也梦也，梦不到，寒水空流。漠漠黄云，湿透**木**棉裘。都道无人愁似我，今夜雪，有梅花，似我愁。

【注释】

①"是身留"两句：身留，因被雪所阻，不能动身而羁留下来。心留，自己心里情愿留下。

木

171

扬州慢

姜夔

淳熙丙申至日^①，予过维扬^②，夜雪初霁，荠麦弥望^③。入其城，则四顾萧条，寒水自碧。暮色渐起，戍角悲吟，予怀怆然，感慨今昔。因自度此曲，千岩老人以为有黍离之悲也^④。

淮左名都^⑤，竹西佳处^⑥，解鞍少驻初程。过春风十里^⑦，尽荠麦青青。自胡马窥江去后^⑧，废池乔**木**^⑨，犹厌言兵。渐黄昏^⑩，清角吹寒^⑪，都在空城。

杜郎俊赏^⑫，算而今、重到须惊。纵豆蔻词工^⑬，青楼梦好^⑭，难赋深情。二十四桥仍在^⑮，波心荡，冷月无声。念桥边红药^⑯，年年知为谁生！

【注释】

①淳熙丙申：淳熙三年（1176年）。至日：冬至。②维扬：扬州。《尚书·禹贡》有"淮海维扬州"句，后遂以"维扬"为扬州的别称。③荠麦：荠菜和麦子。弥望：满眼。④千岩老人：南宋诗人萧德藻，字东夫，因居湖州弁山之千岩，故以之为号。黍离之悲：黍离，《诗经·王风》篇名。周平王东迁后，周大夫经过西周故都见"宗室宫庙，尽

飞花令里读宋词

为禾黍"，遂赋《黍离》诗志哀。后世即用"黍离"来表示亡国之痛。⑤淮左：扬州宋时属淮南东路，淮东亦称淮左。而扬州又是宋代淮南东路的首府，故称"淮左名都"。⑥竹西佳处：杜牧《题扬州禅智寺》诗："谁知竹西路，歌吹是扬州。"宋人于此筑竹西亭。这里指扬州。⑦春风十里：杜牧《赠别》诗："春风十里扬州路，卷上珠帘总不如。"这里借指扬州。⑧胡马窥江：指1161年金主完颜亮南侵，攻破扬州，直抵长江边的瓜洲渡，到1176年姜夔过扬州已十六年。⑨废池：废毁的池台。乔木：残存的古树。二者都是乱后余物，表明城中荒芜，人烟萧条。⑩渐：向，到。⑪清角：凄清的号角声。⑫杜郎：杜牧。唐文宗大和七年（833年）到九年（835年），杜牧在扬州任淮南节度使掌书记。俊赏：俊逸清赏。钟嵘《诗品序》："近彭城刘士章，俊赏才士。"⑬豆蔻：形容少女美艳。豆蔻词工：杜牧《赠别》："娉娉袅袅十三余，豆蔻梢头二月初。"⑭青楼梦好：杜牧《遣怀》诗："十年一觉扬州梦，赢得青楼薄幸名。"⑮二十四桥：杜牧《寄扬州韩绰判官》诗："二十四桥明月夜，玉人何处教吹箫。"二十四桥，有二说：一说唐时扬州城内有桥二十四座，皆为可纪之名胜。见沈括《梦溪笔谈·补笔谈》。一说专指扬州西郊的吴家砖桥（一名红药桥）。因古之二十四美人吹箫于此，故名。见《扬州画舫录》。⑯红药：芍药。

【赏析】

这是姜夔词作中有确切年代记载的最早的一首，也是他为数不多的感叹现实的词作。

1176年冬，姜夔路过扬州，因连年的战乱，昔日繁华的扬州城如今一片残败。词人看到这种景象不禁生出黍离之悲来，自创了《扬州慢》这首曲，感时伤乱。

上片主要写景。"淮左名都，竹西佳处，解鞍少驻初程"，"名都""佳处"都非实见，而是指扬州昔日的盛况。这样的胜地，词人不由得"解鞍少驻初程"。

"过春风十里，尽荠麦青青。"可是下了马，环顾四周，昔日繁盛的扬州城竟是一片青青的荠菜和野麦。

"自胡马窥江去后，废池乔木，犹厌言兵。"之所以会如此，全是因为金兵南下，给这座城带来了空前的灾难。"犹厌言兵"四字尤妙，陈廷焯在《白雨斋词话》中说："'犹厌言兵'四字，包括无限伤乱语，他人累千百言，亦无此韵味。"

"渐黄昏，清角吹寒，都在空城"三句又转入实景，一切景语皆情语，词人此刻心境悲凉，周围的景致也蒙上了这种色彩。

下片侧重抒情。"杜郎俊赏，算而今、重到须惊"，词人立于这黄昏中的扬州城想到了曾在此旅居的风流才子杜牧，写出了自己对扬州城的昔盛今衰的惊痛。

"纵豆蔻词工，青楼梦好，难赋深情"，这三句灵活地化用杜牧的诗句，表达效果比前面的"重到须惊"又进一层，含有无限凄怆之意。

"二十四桥仍在，波心荡，冷月无声"三句意境最佳，鲜明地体现出姜夔词"清空"的特色。既写出了扬州城的冷寂，也写出了词人的凄冷心情。

"念桥边红药，年年知为谁生！"最后词人将目光移到那桥边红药上，城已空，唯有红药还照常开放。词人在怪这无情的花儿，它丝毫不知道今日已非昨日可比，这座名城已经残败不堪，却依旧开得那么灿烂。

八声甘州

叶梦得

故都迷岸草，望长淮、依然绕孤城。想乌衣年少①，芝兰秀发，戈戟云横。坐看骄兵南渡②，沸浪骇奔鲸③。转眄东流水④，一顾功成。

千载八公山下，尚断崖草木，遥拥峥嵘。漫云涛吞吐，无处问豪英。信劳生、空成今古，笑我来、何事怆遗情。东山老，可堪岁晚，独听桓筝⑤。

【注释】

①乌衣：即乌衣巷，东晋时王、谢两大家族居住的地方。②坐看：指以逸待劳。骄兵：这里指符坚的军队。③骇奔鲸：形容前秦军队来势汹汹。④眄：看，望。⑤桓筝：据《晋书·桓伊传》载，谢安因为位高权重，加上小人搬弄是非，晚年被晋孝武帝疏远。一次，谢安陪孝武帝饮酒，桓伊弹筝助兴，并演唱了一首《怨歌行》："为君既不易，为臣良独难；忠信事不显，乃有见疑患。"谢安听了感动得泣下沾襟，孝武帝闻之则甚有愧色。"东山老，可堪岁晚，独听桓筝。"指的便是上文的"遗情"。

水调歌头

张孝祥

　　湖海倦游客，江汉有归舟。西风千里，送我今夜岳阳楼。日落君山云气，春到沅湘草**木**，远思渺难收。徒倚栏杆久，缺月挂帘钩。

　　雄三楚，吞七泽，隘九州。人间好处，何处更似此楼头。欲吊沉累无所，但有渔儿樵子，哀此写离忧。回首叫虞舜，杜若满芳洲。

满江红

苏轼

　　忧喜相寻，风雨过、一江春绿。巫峡梦、至今空有，乱山屏簇。何似伯鸾携德耀，箪瓢未足清欢足。渐粲然、光彩照阶庭，生兰玉。

　　幽梦里，传心曲。肠断处，凭他续。文君婿知否，笑君卑辱。君不见周南歌汉广，天教夫子休乔**木**。便相将、左手抱琴书，云间宿。

诗

鹧鸪天

朱敦儒

我是清都山水郎，天教分付与疏狂。曾批给雨支风券，累上留云借月章。

诗万首，酒千觞，几曾著眼看侯王。玉楼金阙慵归去，且插梅花醉洛阳。

齐天乐

姜夔

庾郎先自吟愁赋，凄凄更闻私语。露湿铜铺，苔侵石井，都是曾听伊处。哀音似诉，正思妇无眠，起寻机杼。曲曲屏山，夜凉独自甚情绪？

西窗又吹暗雨，为谁频断续，相和砧杵？候馆迎秋，离宫吊月，别有伤心无数。幽**诗**谩与，笑篱落呼灯，世间儿女。写入琴丝，一声声更苦。

蝶恋花

李清照

暖雨晴风初破冻，柳眼梅腮，已觉春心动。酒意诗情谁与共？泪融残粉花钿重①。

乍试夹衫金缕缝②，山枕斜欹③，枕损钗头凤④。独抱浓愁无好梦，夜阑犹剪灯花弄⑤。

【注释】

①花钿：花朵形的首饰。②夹衫金缕缝：金线缝制的夹衫。③山枕：垫得很高的枕头。欹：同"倚"，靠着。④钗头凤：古代妇女的头饰，钗头形状如同凤凰。⑤夜阑：夜深。

柳梢青

杨无咎

茅舍疏篱。半飘残雪，斜卧低枝。可更相宜，烟笼修竹，月在寒溪。

宁宁伫立移时，判瘦损、无妨为伊。谁赋才情，画成幽思，写入新诗。

179

永遇乐

李清照

落日熔金①，暮云合璧②，人在何处？染柳烟浓③，吹梅笛怨④，春意知几许！元宵佳节，融和天气⑤，次第岂无风雨⑥？来相召，香车宝马⑦，谢他酒朋**诗**侣。

中州盛日⑧，闺门多暇，记得偏重三五⑨。铺翠冠儿⑩，捻金雪柳⑪，簇带争济楚⑫。如今憔悴，风鬟霜鬓⑬，怕见夜间出去。不如向、帘儿底下，听人笑语。

【注释】

①熔金：形容落日余晖，如同熔化的黄金。②合璧：像璧玉一样合成一块。③染柳烟浓：指柳树为浓雾所笼罩。④吹梅笛怨：指笛子吹出《梅花落》曲幽怨的声音。⑤融和：暖和。⑥次第：接着，转眼。⑦香车宝马：指华美的马车。⑧中州：这里指北宋都城汴京。⑨三五：指元宵节。⑩铺翠冠儿：饰有翠羽的女式帽子。⑪捻金雪柳：元宵节女子头上的装饰。⑫簇带：打扮之意。⑬风鬟霜鬓：这里形容头发花白且蓬松散乱。

【赏析】

这首词是写词人在一个元宵夜的感受。宋人对年节极为重视，据《大宋宣和遗事》记载，从腊月初一点灯一直到正月十六日，家家灯火，处处管弦，爆竹声灌满人耳，烟火点亮夜空。更难得的是，平日久居深闺的女子也能趁着这个机会出门游逛。元宵夜里，大街上热闹非凡，有人邀请词人出外游玩，但词人却不愿意去，宁愿一个人待在家里听人家的笑语。这首词通过对一个细小的生活场景的描写，表现出词人晚年心境的悲凉。

上片写词人在元宵夜的感受。"落日熔金，暮云合璧"，写日暮之景。云彩绚丽，场面开阔。在这美景之中，词人紧接着发问道："人在何处？"点出自己的处境：异乡飘零。这凄凉的处境同吉日良辰形成鲜明的对照。"染柳烟浓，吹梅笛怨"，此时正值早春，细柳如烟，梅花已残，忽听一阵哀怨的笛声。词人心情忧郁，虽然春色正浓，但她却说"春意知几许"，在她看来，那春色还不是很浓郁的。"元宵佳节，融和天气，次第岂无风雨？"词人经历了太多变故，她已不相信美好了，现在天气看上去很暖和，但谁能保证就不会突然降下一场大雨呢？其中包含了词人对世事无常的感叹。"来相召，香车宝马，谢他酒朋诗侣"，友人邀请她去观灯赏月，她却拒绝了，此时的她已经没有了赏灯玩月、吟诗作赋的心境。

下片通过写自己南渡前在汴京过元宵佳节的回忆，来衬托当前境况的凄凉。"中州盛日，闺门多暇，记得偏重三五。铺翠冠儿，捻金雪柳，簇带争济楚"，"中州"指北宋都城汴京，即今河南省开封市；"三五"，指正月十五日，即元宵节。当时，宋朝为了点缀

181

太平，在元宵节极尽铺张之能事。《大宋宣和遗事》中提到宣和六年（1124年）正月十四日夜的景象："京师民有似云浪，尽头上带着玉梅、雪柳、闹蛾儿，直到鳌山看灯。"那时词人正年轻，兴致正好，经过一番精心打扮后，词人与一群女伴上街赏玩，那情形至今仍历历在目，那欢乐至今也还留在词人心中。"如今憔悴，风鬟霜鬓，怕见夜间出去"，但如今已是人老发白，憔悴不堪了，词人再也没有力气像年轻时那样去凑热闹了。"不如向、帘儿底下，听人笑语"，不如就坐在帘子后，听人家笑语聊以自慰吧。末两句看似平淡，实则蕴含着词人巨大的人生伤痛与人生感慨。

这首词以南渡前后过元宵节时的场景做对比，抒写词人愁苦寂寞的情怀。上片就着眼前景物来抒写当下的心境，下片通过对比今昔抒写对故国的思念。全词寓情于景，跌宕有致。由今而昔，又由昔而今，形成今昔盛衰的鲜明对比。感情深沉而真挚，语言清新而平淡。

宋人张端义在《贵耳集》中评价这首词说：易安居士李氏，赵明诚之妻。《金石录》亦笔削其间。南渡以来，常怀京、洛旧事，晚年赋元宵《永遇乐》词云："落日熔金，暮云合璧。"已自工致。至于"染柳烟浓，吹梅笛怨，春意知几许！"气象更好。后段云"如今憔悴，风鬟霜鬓，怕见夜间出去"，皆以寻常语度入音律。炼句精巧则易，平淡入调者难。

贺新郎

辛弃疾

邑中园亭①，仆皆为赋此词。一日，独坐停云②，水声山色，竞来相娱。意溪山欲援例者，遂作数语，庶几仿佛渊明思亲友之意云③。

甚矣吾衰矣！怅平生、交游零落，只今余几？白发空垂三千丈④，一笑人间万事。问何物、能令公喜⑤？我见青山多妩媚，料青山、见我应如是。情与貌，略相似。

一尊搔首东窗里。想渊明停云诗曰，此时风味⑥。江左沉酣求名者⑦，岂识浊醪妙理！回首叫、云飞风起。不恨古人吾不见，恨古人不见吾狂耳。知我者，二三子。

【注释】

①邑中：指铅山县境内。②停云：停云堂，为词人晚年住在铅山时所建。③庶几：差不多，近似。仿佛陶渊明思亲友之意：东晋诗人陶渊明曾作《停云》诗，序中有"停云，思亲友也"。④"白发"句：化用李白《秋浦歌》"白发三千丈，缘愁似个长"诗意。⑤"问何物"句：借用《世说新语·宠礼篇》

记郗超、王恂"能令公（指晋大司马桓温）喜"意。⑥"一尊"三句：陶渊明《停云》中有"良朋悠邈，搔首延伫"和"有酒有酒，闲饮东窗"等诗句，辛弃疾把它浓缩在一个句子里，用以想象陶渊明当年诗成时的风味。⑦"江左"句：用苏轼《和陶饮酒二十首》之三"江左风流人，醉中亦求名"句意，讽刺当时南方士大夫只知争名夺利，没有像陶渊明这样的高士。

烛影摇红

吴文英

西子西湖，赋情合载鸱夷棹。断桥直去是孤山，应为梅花到。几度吟昏醉晓。背东风、偷闲斗草。乱鸦啼后，解佩归来，春怀多少。

千里婵娟，茂园今夜同清照。樱脂茸唾听吟诗，争似还家好。昵昵西窗语笑。凤云深、琼箫缥缈。顾春如旧，柳带同心，花枝压帽。

酒

苏幕遮

范仲淹

碧云天，黄叶地，秋色连波，波上寒烟翠。
山映斜阳天接水。芳草无情，更在斜阳外。

黯乡魂，追旅思。夜夜除非，好梦留人睡。
明月楼高休独倚。<u>酒入愁肠</u>，化作相思泪。

凤栖梧

柳永

伫倚危楼风细细①，望极春愁，黯黯生天际。
草色烟光残照里，无言谁会凭阑意②。

拟把疏狂图一醉③，<u>对酒当歌</u>，强乐还无味。
衣带渐宽终不悔，为伊消得人憔悴④。

【注释】

　　①伫：久站。危楼：高楼。②会：理解。③拟：
想要。④伊：她。

蝶恋花

晏几道

醉别西楼醒不记①，春梦秋云②，聚散真容易。斜月半窗还少睡，画屏闲展吴山翠。

<u>衣上**酒**痕诗里字</u>，点点行行，总是凄凉意。红烛自怜无好计，夜寒空替人垂泪。

【注释】

①西楼：即《临江仙》词所写之楼台。②春梦：春天的梦，多指恋情美梦。秋云：秋天的云。即《临江仙》之"彩云"。

柳梢青

戴复古

袖剑飞吟。洞庭青草，秋水深深。万顷波光，岳阳楼上，一快披襟。

<u>不须携**酒**登临</u>。问有酒、何人共斟？变尽人间，君山一点，自古如今。

踏莎行

晏殊

小径红稀，芳郊绿遍，高台树色阴阴见。春风不解禁杨花，濛濛乱扑行人面。

翠叶藏莺，珠帘隔燕，炉香静逐游丝转。一场愁梦酒醒时，斜阳却照深深院。

一剪梅

蒋捷

一片春愁待酒浇。江上舟摇，楼上帘招。秋娘渡与泰娘桥①，风又飘飘，雨又萧萧。

何日归家洗客袍？银字笙调，心字香烧。流光容易把人抛，红了樱桃，绿了芭蕉。

【注释】

①秋娘渡与泰娘桥：吴江的两处地名。均以唐代著名歌伎命名。

【赏析】

这是一首抒发客愁之词。

在一个风雨交加的春日里，词人乘着小舟经过吴江。客居他乡的词人心中旅愁无限，思念妻子，感叹春光易逝。

词的上片侧重写景。"一片春愁待酒浇"，开篇便点名自己的心情，奠定全词的基调。"江上舟摇，楼上帘招。秋娘渡与泰娘桥，风又飘飘，雨又萧萧"，这是写词人经过吴江一路所见之景，以愁眼看景，景物自然笼上了一层凄迷的色彩。

词的下片侧重抒情。"何日归家洗客袍? 银字笙调，心字香烧"，词人多么怀念自己的妻子呀，多么怀念温馨的家庭生活呀。他想换下旅途中的衣裳，让妻子浣洗，想同妻子调弄那刻着银字的笙，想点上熏炉里"心"字形的香，但不知何日是归期。此时的词人只能慨然叹道:"流光容易把人抛，红了樱桃，绿了芭蕉。"这三句为千古名句。词人以两种植物的颜色变化来具体表现时光流逝之快，极富创造性地将看不见的时光流逝转化为可以捕捉的形象。

这首词读起来朗朗上口，节奏铿锵，音乐性非常强，大大增强了词的表现力。

唐多令①

刘过

安远楼小集②，侑觞歌板之姬黄其姓者③，乞词于龙洲道人④，为赋此《唐多令》。同柳阜之、刘去非、石民瞻、周嘉仲、陈孟参、孟容，时八月五日也。

芦叶满汀洲⑤，寒沙带浅流。二十年重过南楼⑥。柳下系船犹未稳，能几日、又中秋。

黄鹤断矶头⑦，故人曾到否？旧江山浑是新愁⑧。欲买桂花同载酒，终不似、少年游。

【注释】

①唐多令：词牌名，也写作"糖多令"，又名"南楼令"。②小集：小型酒宴。③侑觞歌板：在酒宴上劝酒和执板奏歌的歌女。侑觞，劝酒。歌板，执板奏歌。④乞词：请人写词。龙洲道人：作者的自号。⑤汀洲：水中的小洲。⑥南楼：安远楼。⑦黄鹤断矶：黄鹤矶，在武昌西，上有黄鹤楼。⑧浑是：全是。

离

一丛花令

张先

伤高怀远几时穷？无物似情浓。**离**愁正引千丝乱，更东陌、飞絮蒙蒙。嘶骑渐遥，征尘不断，何处认郎踪！

双鸳池沼水溶溶，南北小桡通。梯横画阁黄昏后，又还是、斜月帘栊。沉恨细思，不如桃杏，犹解嫁东风。

相见欢

李煜

无言独上西楼，月如钩。寂寞梧桐深院锁清秋[1]。

剪不断，理还乱，**是离**愁[2]。别是一般滋味在心头[3]。

【注释】

①锁清秋：深深被秋色所笼罩。②离愁：指去国之愁。③别是一般：也作"别是一番"，意为另有一种意味。

飞花令里读宋词

点绛唇

林逋

金谷年年，乱生春色谁为主？余花落处，满地和烟雨。

又是**离**歌，一阕长亭暮。王孙去，萋萋无数，南北东西路。

水龙吟

苏轼

似花还似非花，也无人惜从教坠①。抛家傍路，思量却是，无情有思。萦损柔肠②，困酣娇眼③，欲开还闭。梦随风万里，寻郎去处，又还被、莺呼起④。

不恨此花飞尽，恨西园、落红难缀⑤。晓来雨过，遗踪何在？一池萍碎。春色三分，二分尘土，一分流水。细看来，不是杨花，点点是**离**人泪。

【注释】

①从教：任凭。②萦：萦绕、牵念。③娇眼：美人娇媚的眼睛，比喻柳叶。古人诗词中常称初生的柳叶为柳眼。④"梦随"三句：化用唐代金昌绪《春怨》诗"打起黄莺儿，莫教枝上啼。啼时惊妾梦，不得到辽西"语。⑤缀：连系。

青玉案

黄公度

邻鸡不管**离**怀苦，又还是、催人去。回首高城音信阻。霜桥月馆，水村烟市，总是思君处。

裛残别袖燕支雨①，谩留得、愁千缕。欲倩归鸿分付与②。鸿飞不住。倚阑无语，独立长天暮。

【注释】

①裛：同"浥"，沾湿。残：一部分。燕支雨：意思是泪落如雨，冲掉了脸上的胭脂，连落下的泪水也变成了红色。燕支，即胭脂。②倩：请、托。

雨霖铃

柳永

寒蝉凄切，对长亭晚，骤雨初歇。都门帐饮无绪①，留恋处、兰舟催发②。执手相看泪眼，竟无语凝噎③。念去去，千里烟波，暮霭沉沉楚天阔④。

多情自古伤**离**别，更那堪、冷落清秋节。今宵酒醒何处？杨柳岸，晓风残月。此去经年⑤，应是良辰好景虚设。便纵有千种风情⑥，更与何人说？

【注释】

①都门帐饮：在京城门外设宴饮酒。无绪：没有心情。②兰舟：兰木制成的舟，此处泛指船。③凝噎：形容喉咙里像塞了东西，说不出话来。④暮霭：傍晚的云雾。楚天：古时长江中下游一带属于楚国，故说指其天空为楚天。⑤经年：年复一年。⑥风情：意趣。

【赏析】

清秋的傍晚，一场暴雨刚歇，在凄切的秋蝉声中，柳永将要离开汴京南下，在长亭中与恋人依依惜别。江淹《别赋》中曾云："黯然销魂者，唯别而已矣。"自古以来，离情别恨是文人墨客写诗创词的重要题材。柳永的《雨霖铃》将离别之情渲染得极为浓重，是抒写离情别绪的千古名篇。

上片写临别情景。"寒蝉凄切，对长亭晚，骤雨初歇"，此三句写离别之地的景色。但词人并不是单纯描写自然景色，短短十二个字将时间、地点、事件点明了，并且以寒蝉、长亭、骤雨这几个典型意象，烘托出离别的凄清氛围。

"都门帐饮无绪，留恋处、兰舟催发"三句叙写离别时的人物活动。由于即将与爱人分别，词人面对着一桌子美酒佳肴，全无兴致。接下来，词人并不是直接描写两人难分难舍的情景，而是通过"兰舟催发"来进行侧面烘托，以曲笔将感情深化。

"执手相看泪眼，竟无语凝噎"，这是最后的分手时刻了，词人不得不走了，两人是多么难分难舍呀，紧紧握住对方的手，你望着我，我望着你，眼中满含泪水，喉头哽咽，一句话也说不出来。我们不得不佩服词人细致的笔法，用寥寥十一个字就将两人真挚的情感淋漓地表达了出来，将两人的形象逼真地刻画了出来。

"念去去千里烟波，暮霭沉沉楚天阔"，两句寓情于景，以有尽之景写无限之情。此刻词人心绪黯淡，而眼前之景也是朦朦胧胧一片，似蒙上了一层离别愁绪。

下片写想象中的别后情景。"多情自古伤离别，更那堪、冷落清秋节"，先用一句平常语起首，说那伤别情绪并不是自他始，古来就有。然后用"更那堪"推进一层，离别本就令人伤感，更何况又碰上这清寒的秋天呢。

"今宵酒醒何处？杨柳岸，晓风残月"三句承上句而来，为全篇警句。这三句是词人对当晚旅途中景况的遥想，弥漫着孤清寂寞的意绪。这三句之所以被后人极力推崇，是因为其中聚合了许多触动离愁之物来表达他的心情。词人想象今夜酒醒梦回后，船停靠在江岸，他独自一人对着那一弯残月、冷冷晓风。客情之冷落，风景之清幽，离愁之绵邈，完全凝聚在画面之中。

"此去经年，应是良辰好景虚设。便纵有千种风情，更与何人说"四句，改用情语，更深一层推想离别后的落寞情状。若无爱人相伴，那"良辰好景"又有什么值得流连呢？那"千种风情"又向何人诉说呢？这样的结尾蕴含无限情意。由此我们可以想到平日里他们在一起是何等恩爱，一定是有赏不完的美景、说不完的情话，这一去才会令他如此痛苦。

全词清丽哀婉、曲折回环，是柳永词中含蓄婉约的代表。宋代俞文豹《吹剑录》载，东坡在玉堂日，有幕士善歌，因问："我词何如柳七？"对曰："柳郎中词，只合十七八岁女郎，执红牙板，歌'杨柳岸，晓风残月'。学士词须关西大汉、铜琵琶、铁绰板，唱'大江东去'。"从中足见此词在柳永词作中的地位。

另外，在语言表达上，《雨霖铃》以铺叙为主，白描见长，无论是勾勒环境，还是描摹情态，都惟妙惟肖、生动自然。此作传唱广泛，风靡一时。

水调歌头

葛长庚

金液还丹诀，无中养就儿。别无他术，只要神水入华池。采取天真铅汞，片晌自然交媾，一点紫金脂。十月周天火，玉鼎产琼芝。

你休痴，今说破，莫生疑。乾坤运用，<u>大都不过坎和离</u>①。石里缘何怀玉，因甚珠藏蚌腹，借此显天机。何况妙中妙，未易与君知②。

【注释】

①坎和离：坎、离本是《周易》中的两卦，此处指铅汞、水火、阴阳。②易：轻易。与君知：让你知道。

愁

眼儿媚

石孝友

愁云淡淡雨萧萧，暮暮复朝朝。别来应是，眉峰翠减，腕玉香销。

小轩独坐相思处，情绪好无聊。一丛萱草，数竿修竹，几叶芭蕉。

菩萨蛮

韦庄

劝君今夜须沉醉，尊前莫话明朝事①。珍重主人心，酒深情亦深。

须愁春漏短②，莫诉金杯满。遇酒且呵呵，人生能几何。

【注释】

①尊：酒杯。②漏：漏壶，古时滴水计时的仪器。

飞花令里读宋词

子夜歌

李煜

人生**愁**恨何能免①？销魂独我情何限②！故国梦重归③，觉来双泪垂④。

高楼谁与上⑤？长记秋晴望⑥。往事已成空，还如一梦中⑦。

【注释】

①何能：怎能。何，什么时候。免：免去，免除，消除。②销魂：同"消魂"，谓灵魂离开肉体，这里用来形容哀愁到极点。独我：只有我。何限：即无限。③重归:《南唐书·后主书》注中作"初归"。全句意思是说，梦中又回到了故国。④觉来：醒来。觉，睡醒。⑤谁与：同谁。全句意思：有谁同自己一起登上高楼？⑥长记：永远牢记。秋晴：晴朗的秋天。这里指过去秋游欢情的景象。望：远望，眺望。⑦还如：仍然好像。还，仍然。

西江月

苏轼

玉骨那**愁**瘴雾，冰肌自有仙风。海仙时遣探芳丛，倒挂绿毛么凤。

素面常嫌粉涴，洗妆不褪唇红。高情已逐晓云空，不与梨花同梦。

醉花阴

李清照

薄雾浓云**愁**永昼，瑞脑消金兽①。佳节又重阳，玉枕纱橱②，半夜凉初透。

东篱把酒黄昏后，有暗香盈袖。莫道不消魂，帘卷西风，人比黄花瘦。

【注释】

①瑞脑消金兽：意为香炉中的香快燃尽了。金兽，兽形的铜香炉。②纱橱：纱帐。

【赏析】

《古今女史》有言："自古夫妇擅朋友之胜，从来未有如李易安与赵德甫者，才子佳人，千古绝唱。"李清照与赵明诚伉俪情深，除了相貌、才华相互吸引，又是文学知己与金石痴人，相同的志趣把这对璧人紧紧连在了一起。但是，成婚之后，赵明诚或出仕或远游，两人时常分别，细腻而敏感的女词人独守空闺，生发出了无限感慨。《醉花阴》写于婚后的某个重阳节，赵明诚远行在外，李清照独自在家，离情、相思、秋愁等多重情感涌上心头，令人不堪承受。

"薄雾浓云愁永昼，瑞脑消金兽"，"薄雾浓云"是比喻香炉里出来的香烟。整个屋子里香雾弥漫，仿佛如词人的心境，愁绪满心头。孤独一人，纵使千般景致也无心去赏，只觉得时光过得那样缓慢。"佳节又重阳，玉枕纱橱，半夜凉初透"，秋天的夜里凉意透人，又是重阳佳节，却不能与丈夫共度，这令人分外伤怀。

"东篱把酒黄昏后，有暗香盈袖"，词人对酒赏菊。"东篱"取陶渊明"采菊东篱下"诗意。"莫道不消魂，帘卷西风，人比黄花瘦"，末三句直接抒发离愁，为全词词眼，将人与黄花对比，非常传神，刻画出了一个"为伊消得人憔悴"的少妇形象。

菩萨蛮

贺铸

彩舟载得离<u>愁</u>动，无端更借樵风送。波渺夕阳迟，销魂不自持。

良宵谁与共，赖有窗间梦。可奈梦回时，一番新别离！

丑奴儿

辛弃疾

少年不识愁滋味，爱上层楼，爱上层楼，为<u>赋新词强说愁</u>。

而今识尽愁滋味，欲说还休，欲说还休，却道天凉好个秋！

夜

临江仙

苏轼

夜饮东坡醒复醉，归来仿佛三更。家童鼻息已雷鸣。敲门都不应，倚杖听江声。

长恨此身非我有，何时忘却营营^①？夜阑风静縠纹平^②。小舟从此逝，江海寄余生。

【注释】

①营营：追求奔逐。语出《庄子·庚桑楚》：全汝形，抱汝生，勿使汝思虑营营。②阑：残，尽。縠纹：比喻水波细纹。縠，绉纱。

乌夜啼

李煜

昨**夜**风兼雨，帘帷飒飒秋声。烛残漏断频欹枕，起坐不能平。

世事漫随流水，算来梦里浮生。醉乡路稳宜频到，此外不堪行。

青玉案

辛弃疾

东风**夜**放花千树①，更吹落，星如雨②。宝马雕车香满路③。凤箫声动④，玉壶光转⑤，一夜鱼龙舞⑥。

蛾儿雪柳黄金缕⑦，笑语盈盈暗香去⑧。众里寻他千百度，蓦然回首，那人却在，灯火阑珊处⑨。

【注释】

①花千树：形容灯火之多如千树花开。②星如雨：比喻满天的焰火。一说指灯火之盛。③宝马雕车：装饰精美华丽的马车。④凤箫声动：指音乐演奏。《神仙传》卷四记载弄玉吹箫引凤的故事，故称箫为"凤箫"。⑤玉壶：花灯的一种。一说为月亮。⑥鱼龙舞：指玩鱼灯、龙灯。⑦蛾儿雪柳：都是古代妇女于元宵节插戴在头上的用绢或纸制成的应时饰物。黄金缕：此处指以金为饰的雪柳，雪柳有丝绦垂下，故云"黄金缕"。⑧盈盈：仪态美好。暗香：幽幽的香气。暗香去，指美人离去。⑨阑珊：零落、稀疏。

【赏析】

这是一首深有寄托的词，词作通过对元宵节绚丽多彩的热闹场面进行极力渲染，反衬出一个自甘淡泊、不同流俗的女性形象，表现了作者仕途失意后，不愿与世俗同流合污的孤高品格。

上片写元宵之夜的盛况。灯火辉煌、歌舞腾欢，一片繁华热闹的景象。花千树、星如雨、玉壶转、鱼龙舞，灯火之繁多，如在目前。这样热闹的夜晚，自然是游人如织，上至王公贵族，下至平民百姓，无不走出家门，涌上街头，共庆佳节，真正是车如流水马如龙。

下片重在描述一个具体的人。前两句写观灯的女子，她们无不身着盛装，头戴金翠，打扮得花枝招展，但词人苦苦追寻的人却不在其中。

最后四句为全篇警句，在倾城狂欢之中，词人等待着意中人的到来，却久望不至，心中的怅然和失落可想而知。可是猛然间转头一望，却发现那人却在"灯火阑珊处"。那群笑语盈盈的女子不过是词人意中人的陪衬，衬托"那人"的孤高淡泊。

梁启超在《艺蘅馆词选》中评论说："自怜幽独，伤心人自有怀抱。"词人在他闲居期间写下此词，他以那个独立于灯火阑珊处的女子自喻，表达了他不同流合污的品格。

菩萨蛮

韦庄

红楼别**夜**堪惆怅①，香灯半卷流苏帐②。残月出门时，美人和泪辞。

琵琶金翠羽③，弦上黄莺语④。劝我早归家，绿窗人似花。

【注释】

①红楼：歌馆妓院。②流苏：绒线制成的穗子。③金翠羽：指琵琶上用黄金和翠羽制成的饰物。④黄莺语：形容弦音婉转如黄莺啼鸣。

鹧鸪天

贺铸

重过阊门万事非。同来何事不同归。梧桐半死清霜后，头白鸳鸯失伴飞。

原上草，露初晞。旧栖新垅两依依。空床卧听南窗雨，谁复挑灯**夜**补衣。

思越人

贺铸

紫府东风放<u>夜</u>时^①，步莲秾李伴人归^②。五更钟动笙歌散，十里月明灯火稀。

香苒苒，梦依依，天涯寒尽减春衣。凤凰城阙知何处^③，寥落星河一雁飞。

【注释】

①紫府：指京城。②步莲：莲步，形容女子步姿娇美。秾李：形容美人容貌如同秾艳的李花。③凤凰城阙：凤凰栖息的宫殿，这里指京都。

减字木兰花

蒋兴祖女

朝云横度，辘辘车声如水去。白草黄沙，月照孤村三两家。

飞鸿过也，<u>万结愁肠无昼夜</u>。渐近燕山，回首乡关归路难。

梦

破阵子

辛弃疾

醉里挑灯看剑，**梦**回吹角连营。八百里分麾下炙^①，五十弦翻塞外声^②。沙场秋点兵。

马作的卢飞快^③，弓如霹雳弦惊。了却君王天下事^④，赢得生前身后名。可怜白发生！

【注释】

①八百里：指牛。麾下：部下。②五十弦：本指瑟，此处泛指乐器。③的卢：三国时期刘备的坐骑，其奔跑的速度飞快。④君王天下事：抗金收复中原的大业。

【赏析】

面对山河濒临破碎的危局，统治集团却过着奢靡逸乐的生活，年已五十的词人看在眼里，痛在心上，其杀敌报国的雄心壮志更加激荡。再者，当时词人的好友陈同甫来探望他，为了勉励同怀报国心的陈同甫，辛弃疾便写下了这首"壮词"。

同甫是陈亮的字，他才气过人，英勇豪迈，

自称能"推倒一世之智勇，开拓万古之心胸"。和辛弃疾一样，他积极主张抗金，曾先后写了《中兴五论》和《上孝宗皇帝书》，也因此遭到投降派的排挤和打击。相同的志向，相似的遭遇，让辛弃疾和陈亮成了至交。宋孝宗淳熙十五年（1188 年）冬，陈亮到上饶拜访辛弃疾，停留十日，之后二人以《贺新郎》为词牌往复唱和，这首词大约也作于这一时期。

词的上阕主要描写了秋天沙场点兵的盛大场面。以"醉里挑灯看剑"发端，一个"醉"字为其后词人幻想的虚写做了铺垫。古人总以一醉抒发心中的积怨与愁苦，而作者"醉里"仍不忘"看剑"，既交代了悲愤的原因，也表达出词人对国事的深切担忧。"挑灯"表明夜已深，这一幅凄凉惨淡的场景，不正是作者已至暮年却仍壮志难酬的写照吗？下句因"醉""梦回"，由实写转向虚写，视野骤然开阔，情绪也一改举杯消愁的惆怅而变得积极。

"吹角连营"四个字使人感受到浓郁的军旅气息，精神也因号角响起而为之一振。军营中，作者以"八百里分麾下炙"描写军队中分食烤牛肉欢欣鼓舞的场面，表现了伴以雄壮低沉的军歌，战士们"沙场点兵"、身先士卒的英武和豪气。

"五十弦"对"八百里"，对仗十分工整。"秋"字交代了时令，古人认为，秋天是用兵打仗的绝佳时节；此外，"秋"字也使人仿佛置身于天高云淡的壮阔场景中。接着"沙场点兵"描写一个扬马执鞭、神勇的将领形象，可看作是词人自己的理想写照。"沙场"强调了点兵的地点不是"校场"，不难看出战斗即将开始。

下阕接着描写士兵投入壮烈的战斗，场景由开阔的点兵杀场转入特镜描写。"马作的卢飞快，弓如霹雳弦惊。"《三国志·蜀志·先主传》注中，有刘备檀溪跃马脱难的故事，所骑之"的卢""一跃三丈"。的卢做战马，突出了战马奔腾、凌云直上的气势，反衬骑马战士的骁勇善战；用霹雳形容弓箭，可见其一发即出的动势强劲。这里"马"和"弓"的刻画均充满动感，呈现了一幅万马齐嘶、将士奋勇杀敌的壮阔场面。

写至此，作者的理想与抱负呼之欲出——收复失地、赢得"生前身后名"，这样一颗忠君爱国的赤诚之心怎能不使人潸然泪下？可叹命运往往太过残酷，梦中的骁勇善战还是以"可怜白发生"告终，理想终因梦醒化为泡影，自己还是那个青丝变华发的被罢免之官，作者心酸不已。

词的上阕和下阕的最后一句分别描写了理想和现实中的词人自身，雄壮与悲凉、梦境与真实形成了强烈的反差，跌宕起伏，给人带来心灵上的震颤与冲击。这种虚实结合是本词布局的巧妙之处。

在声调方面，这首词上、下两阕六字句采用了平仄互对的方法，没有使用七字句，很好地把舒缓和跳跃的音节相结合，恰当地表现战斗的激烈和词人的心理变化。

辛弃疾忠君爱国、渴望杀敌、收复中原的赤诚之心在词中表露无遗，只是他已至迟暮，又被罢官，所以"未有涓埃答圣朝"，只能以词勉励友人陈同甫担起"了却君王天下事"的重任。老臣的忠心，其用心之苦可见一斑。

木兰花

苏庠

江云叠叠遮鸳浦，江水无情流薄暮。归帆初张苇边风，客**梦**不禁篷背雨。

渚花不解留人住，只作深愁无尽处。白沙烟树有无中，雁落沧洲何处所。

永遇乐

解昉

风暖莺娇，露浓花重，天气和煦。院落烟收，垂杨舞困，无奈堆金缕。谁家巧纵，青楼弦管，惹起**梦**云情绪。忆当时、纹衾粲枕，未尝暂孤鸳侣。

芳菲易老，故人难聚，到此翻成轻误。阆苑仙遥，蛮笺纵写，何计传深诉。青山绿水，古今长在，惟有旧欢何处。空赢得、斜阳暮草，淡烟细雨。

江城子

苏轼

十年生死两茫茫①，不思量，自难忘。千里孤坟，无处话凄凉。纵使相逢应不识，尘满面，鬓如霜。

夜来幽**梦**忽还乡，小轩窗②，正梳妆。相顾无言，惟有泪千行。料得年年肠断处，明月夜，短松冈③。

【注释】

①十年：词人妻子王弗于宋英宗治平二年（1065年）去世，到写作此词已经十年。②轩窗：门窗、窗。③短松冈：植满松树的小山冈。此指墓地。

望江东

黄庭坚

江水西头隔烟树，望不见、江东路。思量只有**梦**来去，更不怕、江阑住。

灯前写了书无数，算没个、人传与。直饶寻得雁分付，又还是、秋将暮。

减字木兰花

毛滂

曾教风月，催促花边烟棹发。不管花开，月白风清始肯来。

既来且住，风月闲寻秋好处。收取凄清，暖日栏干助**梦**吟。

临江仙

陈与义

忆昔午桥桥上饮^①，坐中多是豪英。长沟流月去无声^②。杏花疏影里，吹笛到天明。

二十余年如一**梦**，此身虽在堪惊。闲登小阁看新晴^③。古今多少事，渔唱起三更。

【注释】

①午桥：洛阳以南，为作者昔日与友人把酒言欢的地方。②长沟：长长的河道。③新晴：雨后初晴。

图书在版编目（CIP）数据

飞花令里读宋词/鸿雁主编 . —北京：中国华侨
出版社，2019.11（2024.4 重印）
ISBN 978-7-5113-8047-0

Ⅰ.①飞… Ⅱ.①鸿… Ⅲ.①宋词－诗歌欣赏 Ⅳ.
① I207.23

中国版本图书馆 CIP 数据核字（2019）第 191652 号

飞花令里读宋词

主　　编：鸿　雁
责任编辑：刘晓燕
封面设计：冬　凡
美术编辑：张　诚
经　　销：新华书店
开　　本：880mm×1230mm　1/32 开　印张：7.5　字数：150 千字
印　　刷：三河市华成印务有限公司
版　　次：2020 年 3 月第 1 版
印　　次：2024 年 4 月第 9 次印刷
书　　号：ISBN 978-7-5113-8047-0
定　　价：35.00 元

中国华侨出版社　北京市朝阳区西坝河东里 77 号楼底商 5 号　邮编：100028
发 行 部：（010）88893001　　　传　　真：（010）62707370

如果发现印装质量问题，影响阅读，请与印刷厂联系调换。